Elim Sepúlveda

Un caso millonario

Elim Sepúlveda

Un caso millonario

La Pereza Ediciones

ELIM SEPÚLVEDA

UN CASO MILLONARIO

I

La corbata

El día que descargaron a El Gordo, mi hermano Manuel me había entregado una corbata negra. Eran las 8:45 de la mañana. Estaba prohibido conocer la causa sin corbata, y no solo tiene que ser con corbata, sino con corbata negra. Un atuendo de toga y birrete que me acompaña siempre, parecido al de los abogados, jueces y fiscales ingleses, aunque sin la peluca blanca que usan los letrados anglosajones. En este caso, la ley me obligaba. Fue en la entrada del Palacio de Justicia que mi hermano me dijo: "con esta corbata vas a ganar". ¿Serían esas palabras proféticas? No sabía que me estaba enfrentando al caso más difícil de mi carrera; uno sumamente mediático, además.

El de Francia Ugarte era un caso millonario. Ella había recibido un disparo en un atraco a otra persona, que le provocó la pérdida total de su visión. En dos ocasiones anteriores, mi amigo y colega Robert también me había regalado corbatas, pero de alguna forma esta era especial. En el tribunal, se estaba conociendo el caso que mantuvo en vilo toda una sociedad, y yo participaría en él. El Gordo me había contratado para representarlo.

—Tenemos un amigo en común: Amín— dijo cuando entró a mi despacho —. Me dijo que debes ser tú quien lleve mi caso. Soy inocente, independientemente de la prensa. No te asustes: se trata del caso de Francia Ugarte.

Nunca iba a imaginar que El Gordo me tomaría en cuenta para un proceso cargado de populismo. De algo sí estoy seguro, y es que cuando aparece una oportunidad como esa, tan grande, lo único importante es estar preparados y hacer el trabajo de manera profesional. Por eso tenía mi agenda para anotar todo lo trascendente. Debíamos avanzar sin miedo, explorando los detalles más profundos, debatiendo las ideas en su máxima expresión.

Los otros acusados fueron Memin, Nariz, Bululo y Bacán. Este último murió en la cárcel, por una tuberculosis, luego de ser condenado a veinte años. Pudo salir descargado en el primer juicio, pero ya para el segundo no tuvo la misma suerte. Recuerdo las palabras de mi cliente cuando me dijo: "Recuerda que está prófugo, supuestamente, un tal Guardia". Por lo que sabíamos, no era un apellido sino un apodo, y se creía que podría ser el oficio del sujeto. Este "Guardia" estaba en el informe policial y en la carpeta fiscal, pero nunca apareció, a pesar de los esfuerzos realizados por el Capitán Zocoloco del Departamento de Homicidios. Era apenas uno de los cientos de vicios que tenía ese proceso donde puedo decir, sin temor a equivocarme, que se hizo una investigación con pocos elementos de prueba, nada que pudiera dar lugar a una sentencia condenatoria.

Cada uno de los pasos que di los comparé con los de un felino. Incluso los tenía dibujados en la agenda. Especialmente al León, famoso por ser el rey de la selva.

Además de que los gatos eran los animales preferidos de mi padre, la relación de los abogados con estos animales no es inusual. La mayoría de los clientes y el público en general hacen esta comparación y la verdad es que, lejos de ser absurda o denigrante, la inteligencia, audacia, rapidez y formación de los felinos son parte de la descripción de esta historia. Los gatos tienen siete vidas, según un viejo proverbio. El frutero del frente de mi despacho decía "abogato", un juego de palabras que lo resaltaba.

Si comparamos los dos tipos de gatos con los abogados, nos encontramos con que hay cimarrones, que no están domesticados, serían como los abogados "cimarrones": no hay forma de domesticarlos, viven en el monte, no leen, no aprenden, no se actualizan, no investigan. También hay gatos y abogados "domésticos", que aprenden, tienen disciplina, investigan, leen, cruzan al otro lado para preparar su caso, tratan de buscar todas las formas de ganar y que sus clientes queden conformes y los recomienden.

La forma en que el Gordo pasó más de dos años preso por un crimen que no cometió y la pérdida total de la visión de Francia, se enmarcan en una serie de situaciones que van más allá del asombro. Igual que la condena de Bacán a veinte años, teniendo tuberculosis, siendo solamente Memin quien disparó. O por qué Bululo también fue condenado, si tampoco tuvo participación en lo ocurrido ese día. Hubo que librar una verdadera batalla en el tribunal, con fe, dedicación y esfuerzo. Nada llega porque sí, todo tiene una explicación lógica y en este caso, hubo que darlo todo.

Yo era un abogado desconocido para los medios de comunicación y el público, que de pronto tenía la oportunidad de participar en un caso que llamó la atención de toda una sociedad. Lo importante era si la persona que había elegido El Gordo para conocer su caso podría dar la talla y convertirse, según sus propias palabras, en su "abogado estrella". A veces es mejor que te subestimen y duden de tu capacidad. Así podrás encontrar ese caso millonario que te catapulte. Todas las estrategias, siempre que cumplan los principios éticos y morales, son válidas. En algunas ocasiones jugar limpio tampoco es suficiente, deberás siempre poner un extra de esfuerzo y dedicación. El día que me contrataron para el caso de Francia Ugarte leía aquel poema de Emily Dickinson: "La esperanza es la cosa con plumas que se posa en el alma y canta una melodía sin palabras y nunca se detiene".[1]

El mismo día que El Gordo me contrató, hablaron del caso en las noticias de la noche. A la mañana siguiente Eridania, mi secretaria, se me acercó preocupada.

—Doctor, su cliente estaba en la televisión anoche. Lo acusan de ser el jefe de la banda que disparó contra Francia Ugarte. Qué pena me da por ella, debe de estar sufriendo mucho, y su familia también. Aunque hay algo raro, doctor: se suponía le harían un atraco a la salida de un banco a la señora Brujan.

Para Eridania, todos los clientes son culpables. Por eso valía tanto que hasta ella notara que había algo extraño en todo eso.

Dos semanas después, mi amigo Amín, el que le recomendó al Gordo que me con-

---

[1]"'Hope' is the Thing with Feathers", de Emily Dickinson (1830-1886). Se estima que lo escribió en 1860 o 1861, pero se publicó póstumamente (Todas las notas son del editor).

tratara, se ahorcó. Fue una terrible tragedia. Estaba cansado de vivir una vida mi-
serable. Su esposa Juana me llamó por teléfono, llorando.

—Amín se ahorcó—me dijo —. ¿Cómo él
me hace eso? ¿No pensó en sus hijas?

Ese suicidio marcó mi vida. Amín era un
hombre joven, de apenas cuarenta años.
¿Suicidarse por qué? ¿Qué razones lo llevaron a eso? Qué noticia tan terrible. Su
hija pequeña, Mildred, lo encontró col-
gado del techo. Pensaron que había dejado una carta o alguna pista del motivo,
pero no. La depresión, a falta de otras explicaciones conocidas, lo llevó al suicidio,
dejando a sus dos hijas huérfanas de padre. Amín era tan alegre que jamás pensé
haría algo así. Tengo muchos buenos re-
cuerdos de beber café con sus padres en
las tardes.

Era un sujeto multiuso y por eso lo
apreciaba bastante. Se había salido del
negocio de las drogas, había estado en
prisión en varias ocasiones, pero tenía

más de diez años totalmente retirado de la calle.

Era barbero, chofer, pintaba, hacía diligencias, vendía y siempre tenía una visión positiva de la vida. Todavía no me repongo de su partida. Su último trabajo fue la barbería. Siempre me hablaba de un amigo que vivía en Holanda, que se lo iba a llevar a vivir a Europa. Se ponía muy celoso con Ramón, el amigo de Juana; pero era injustificado ya que ella era así, muy alegre y simpática, también conmigo.

Con la muerte de Amín, me preocupaba seguir convenciendo al Gordo de que yo era su mejor opción. Llamaba con frecuencia para saludarlo, pero en un momento perdió la fe en mí. Perdió la esperanza porque nuestro amigo en común, Amín, había fallecido. Después de todo, yo era un abogado sin renombre en esa clase de casos "grandes", en quien él había puesto su confianza por consejo de un amigo que ya no estaba. El día que me involucró en el caso sus palabras fueron exactamente estas: "confío en ti por encima de mi familia, mi libertad está en tus manos, estás contratado".

Mi impresión es que además del tema de la muerte de Amín, había algo más. Después, El Gordo me dijo que su papá no creía que podría llevar ese caso. Tenía temor por el hecho de que era policía y también confiaba en Nicolás, el abogado de Bacán, para que los defendiera. Me dijo que la abogada socia de Nicolás le había dicho que confiara en ellos para conseguir su libertad. Pero a pesar de esos consejos, había algo que no le cerraba:

—Eso es ella llamándome para llevar el caso, pero si ya tienen a Bacán como cliente, no deberían defenderme también a mí—me explicó—.Eso no está bien.

Nicolás y Lurdes hacían buen equipo como abogados y por eso, en el primer juicio, pudieron conseguir la libertad de Bacán. Sin embargo, en el segundo juicio, Bacán se quedó solamente con Nicolás, porque no tenía dinero para pagar los honorarios de ambos. De hecho, no le alcanzaba para uno y El Gordo tuvo que ayudarlo a pagar a Nicolás.

Tuve que sacar mi instinto de policía y abogado. Eso es bueno y también malo. Bueno, porque las personas ven al policía con cierto poder para investigar y resolver los problemas. Malo, porque en la justicia lo primero que se piensa es que ser policía y abogado es como ser juez y parte, y que podría influir en la investigación o instrucción del proceso. En todas las actuaciones policiales se plantean temas de razón e intuición, de manera tal que por el error que cometa uno de sus miembros, pagan todos. Así mismo los abogados, con uno que haga algo mal, se incluye a todos. Generalizar es terrible; sin embargo, hay actuaciones muy bochornosas que van más allá de lo obvio. Por eso es necesario saber cuándo y cómo hacer las cosas. La comparación entre el policía y el abogado resulta más objetiva cuando, analizando el accionar de los uniformados, se observan valores como lealtad, compañerismo y disciplina. En mi experiencia, es mucho más probable que aparezca la traición entre los abogados que entre los oficiales.

Tenía que ponerme las pilas, visualizarme, proyectarme, soñar. Ya me veía con el traje y el maletín puesto, soñaba con el caso, pero no podía dejarme ver tan desesperado. A los abogados jóvenes se les hace difícil tener clientes. De hecho, mientras más viejo es el letrado, más confianza ponen en él los clientes. Tal y como decía mi padre, un abogado es "su toga, escritorio, libros, su maletín y traje, siempre representado, pero también preparado". Era imaginar todo en mi mente, para que se pudiera materializar. La preparación o el talento a veces no son suficientes, se necesita la disciplina, tanta que incluso supere el talento. Ahora bien cuando se combinan estos factores, los resultados son tangibles.

Otro factor a considerar era el tiempo. Tenía que saber administrarlo, para cumplir con todos los requerimientos del caso sin los errores que da la prisa. El día tiene 24 horas, son 168 horas a la semana y 52 semanas al año. Hacer un plan para que me rindiera el tiempo era más que básico para poder cumplir con mis demás actividades. Cuando hice una auditoría de la forma en que usaba este precioso recurso, me di cuenta que perdía alrededor de 30 horas por semana en cosas superfluas. Debía cambiar eso ya.

Nunca perdí la esperanza. Siempre llamaba las cosas como si ya las tuviera, proyectándolas en mi mente como un hecho. Pensé en todo lo que había leído en todas esas semanas sobre la fe, frases positivas y demás, pero en verdad el asunto ocupaba toda mi mente. Dormía y soñaba con el caso, dándole hacia adelante y hacia atrás, como una película. El Gordo me llamaba, yo también lo llamaba, hablábamos. Dos noches antes del juicio me dijo, con mucha pesadumbre:

—Es que no entiendo de qué manera pude llegar aquí, sin saber nada de eso. Mi vida se ha vuelto nada, un total desastre.

En ese momento pensé que tenía que hacer todo lo posible por conseguir un descargo y que el desenlace fuera positivo. El hermano menor del Gordo, José, nació con problemas de salud y nunca se ha valido por sí mismo. Esto también le preocupaba, porque él ayudaba a su madre a cuidarlo. Los días del juicio había problemas porque había que dejar a José con diferentes personas para cuidarlo.

Cuando oí el teléfono, un mes después de lo de Amín, era El Gordo, diciéndome que sería su abogado. En contra de la voluntad de sus padres y esposa, había decidido darme el voto de confianza y contratarme. Me dijo que al otro día me daría el expediente para estudiarlo y al mismo tiempo cuadraríamos cuánto le iba a cobrar. Eran las once de la noche y faltaban solo quince días para el juicio. No dudé, sin embargo, porque el Gordo me dijo:

—Confío en ti, no me decepciones. Piensa en Amín y su deseo de que fueras mi abogado. Estudia todo y para lo que necesites, no dudes en llamarme.

Enseguida me puse en acción. Pensé: "¿cuáles son las tareas? ¿Por dónde comenzamos? ¿Qué diligencia vamos a hacer?". Pensaba que en tan solo pocos días, debía ir donde los oficiales investigadores, en especial el Capitán Zocoloco, y preguntarle sus motivaciones para incluir al Gordo en el proceso. Zocoloco visitó, casa por casa, a cada uno de los acusados, sabía todo sobre ellos. Asumió a Francia Ugarte como si fuera su familia. Tuvo siempre luz verde del fiscal Duarte, encargado de la investigación del caso.

Cuando le dije a Jota, uno mis socios con el que siempre compartía los casos, para que me acompañara, se negó.

—Estás loco —decía —. Tú sabes que lo van a condenar, porque él participó.

Jota era del mismo barrio de los acusados, aunque después se mudó. Él no defendía culpables evidentes ni delincuentes conocidos, y no haría una excepción con El Gordo, a quien todo señalaba como jefe de la banda Además, pensaba que ese caso ni remotamente se ganaba. Eso me cayó como un balde de agua fría. "¿Qué sigue ahora?", pensé. El Gordo nunca había estado involucrado en delitos ni tampoco tenía ningún tipo de antecedentes policiales. Era además un hombre de negocios con su familia, vivía del comercio y era feliz con su esposa y sus hijos. Sin embargo, todo el mundo lo daba por culpable. Esa misma tarde, Jota me llamó por teléfono.

—No nos conviene tomar ese caso, dile que no. Si pierdes, perdemos todos.

Lo que pensé fue que si ganábamos, entonces sería un triunfo de todos.

Al siguiente día llegaron dos maletas grandes, con el proceso del caso más emblemático y caliente del momento. La carpeta fiscal, con todos los elementos de prueba, era una inmensidad. Al instante lo entregué todo a mi asistente y al abogado de planta de la oficina, Francis, para su estudio y opinión.

Francis no era tan pesimista al respecto. Una vez que leyó la información, me dijo:

—Este caso es complicado y complejo, pero es sobre todo por la publicidad. El Gordo es inocente y, sin embargo, el caso tiene cincuenta de ganar y cincuenta de perder. Tendrán que ser muy finos los jueces, pero más aún los abogados.

Recordé al consagrado jurista español, Don Ángel Ossorio y Gallardo, el famoso autor del catecismo del abogado, "El Alma de la Toga"[2]. Es uno de los mejores libros

---

[2]Ángel Ossorio y Gallardo (1873 –1946), abogado y político democristiano español, ministro de Fomento durante el reinado de Alfonso XIII, embajador de la Segunda República Española y una figura destacada en el proceso de concepción de la "solución corporativa" entre 1913 y 1931. El libro al que hace referencia, *El alma de la toga*, se publicó en 1919.

de consulta y afirmaba, sin posibilidad de equivocarse, que "el abogado tiene que saber buscar su propia fuerza dentro de sí mismo". Esta afirmación del brillante tratadista hispano confirma la enorme dificultad que constituye la tarea de reconocer, con el propósito de hacer a un lado, las influencias externas, en pro de la imparcialidad. Había que analizar el caso al revés, buscar las ventajas y desventajas de las coartadas, para dar a nuestro cliente el mejor de los resultados. Ramón, el padre del Gordo, me decía "ellos quieren un acuerdo", refiriéndose a los representantes de la víctima, Francia Ugarte. Yo le dije que no, que por el momento íbamos a pelear esa libertad.

El esfuerzo fue arduo. Salomón decía que "hay hombres cuyas palabras son como golpes de espada, mas la lengua de los sabios es medicina"[3]. Las palabras y las decisiones van de la mano, no podía prometer resolver el caso si mis acciones

---

[3]Proverbios 12:18.

no decían lo mismo. Como me dijo el Capitán Zocoloco, cuando estaba en el tribunal, el segundo día de juicio: "El buen sargento, es buen teniente". Y a partir de ahí, fue directo al Estrado para servir de testigo a cargo de la fiscalía.

Fue un equipo de más de veinte policías que formaron parte de la investigación. Uno de ellos era el teniente Boti, que hizo la inspección de lugar cuando fue herida de bala Francia Ugarte. Hubo que acordonar toda la zona para salvaguardar la escena del crimen. Encontró evidencias y le pregunté si pudo armar el caso una vez apresaron a los acusados, y también si todos estaban vinculados a este caso. Me dijo:

—Todas las evidencias que pudimos recolectar en la escena, solamente vinculaban a Memin y a Bacán, así que puedes estar tranquilo, que tu cliente no participó en los hechos. Ahora bien, a Bululo se le ocupó la pistola que ocasionó la herida de bala y por esa razón lo pueden condenar.

Las palabras tienen un poder increíble. Para los abogados aún más, la razón es simple y obvia: la persuasión verbal es un factor de primer orden, pero necesitaba algo más. Cometí el error de preguntarle a Montaño, el abogado de Nariz, sobre su postura y coartada de este segundo juicio. Le comenté la situación que me había planteado el Teniente Boti, y también lo que hablé con el Capitán Zocoloco y me respondió textualmente:

—Al Gordo lo van a condenar. Esta composición del Tribunal es poco garantista y además tienen miedo; de hecho, pienso, y se lo dije a Nicolás, que solo mi cliente saldría descargado.

Fue difícil escuchar esto, siendo los dos abogados defensores y estando en la misma barra. Tenía que buscar apoyo en Nicolás, que era el abogado de Bacán, apoyándome con las iniciativas del litigio, pero a sabiendas que el propio Montaño y parte de la familia del Gordo deseaban que Nicolás fuera el abogado y no yo. En todo caso, querían que representara tanto a Bacán como al Gordo.

Decidí no revisar los periódicos y ordené en la oficina que no leyéramos periódicos, ni redes sociales, ni ningún otro medio de comunicación para no desenfocarnos del caso. El expediente era voluminoso y estuvimos varias semanas estudiando hasta tarde en la noche, organizando ese rompecabezas. Eridania, mi asistente, me envió un video con las declaraciones de Francia Ugarte y el Diputado Vízquel, donde decían que "confiamos en la justicia y esperamos una respuesta ejemplar". Es algo muy usual, recurrir a los medios de información para resolver el caso en la prensa, manipular a la opinión pública operando el mediatismo y la justicia por mano propia. El Diputado Vízquel fue incluso más lejos. Cuando en el primer juicio solo condenaron a Memin, dijo:

—Desde el Congreso escribiremos una carta al Presidente, jueces, fiscales y medios de comunicación, para que sepan lo que está pasando y que ninguno de los acusados salga de la cárcel por este horrendo hecho.

Efectivamente, teníamos a todo el mundo en contra. Hubo un apoyo general hacia la víctima y en contra de los procesados, que fueran inocentes no parecía importar mucho. Hubo un daño grave, pero no son todos los que están, ni están todos los que son. En situaciones como esta uno recuerda cómo deberían ser, en teoría, las cosas. ¿Qué pasa con la autonomía del Estado? La parcialidad de los actores, en especial fiscales y jueces, que piensan en su salario y lo que pueden llegar a obtener y obvian el debido proceso y la tutela judicial efectiva, parecen olvidar que tal situación va en detrimento de ellos mismos y al final del camino, no sentirán la satisfacción del deber cumplido.

El juez que envió a prisión a los acusados del Caso Francia Ugarte fue a concursar para el Tribunal Constitucional dos veces. En la primera ocasión fue maltratado y presentó su renuncia, sin embargo, años más tarde se postuló y fue seleccionado. Recuerdo que en aquel momento dirigió unas palabras al Presidente que quedaron como proféticas:

—Presidente, cuando usted descienda del poder, yo seguiré atendiendo a los infelices y administrando justicia.

En efecto, nadie olvidó esas palabras: al concluir los ocho años de gobierno, los hermanos del ex mandatario fueron sometidos e investigados por corrupción. Y fue, por esas cosas de la vida, al mismo Juez que le tocó decidir. A la dama le dio libertad y para el caballero ordenó la prisión preventiva. Ah, si hubiese seguido aquel juez... Pero los demás procesos de ese tribunal fueron asumidos por otro, que lamentablemente no tuvo el mismo manejo en los procesos. El hombre quería quedar bien con el público en vez de cumplir con la Justicia y por eso, tendía a ser demasiado parcial con el Ministerio Público en casos mediáticos.

Memin, Bululo, El Gordo, Nariz y Bacán eran las figuras más famosas en los medios por este caso, que tuvo la atención de todo el país. En un programa de televisión donde se entrevistó a uno de los acusados, la periodista puso en palabras todo el drama en que se había convertido la situación:

—Lo estamos entregando sano y salvo, no queremos que le pase nada. Este joven vino al programa de manera voluntaria y se entregó a las autoridades, para ser sometido a la justicia.

Esto fue visto por todo el país, y no por ser protagonistas de una película, sino porque estaban involucrados en esta historia. En cualquier lugar podías escuchar a la gente comentando del atraco a la señora Brujan, por 34,000 mil pesos que llevaba a la salida del banco, y el disparo que había dejado ciega a Francia Ugarte de por vida. La gente empatizaba con la víctima y eso está bien, pero condenaba de antemano a los acusados. Como si fuera poco, el apoyo que tuvo Ugarte del gobierno fue tal, que tuvo abogados de firmas prestigiosas, pagados por el Senador Julián y su partido político. ¿Quién creería que los acusados pudieran ser inocentes, si había tal parafernalia detrás de todo el asunto?

En el sumario consta todo lo que ocurrió en el proceso, pero lo que más daño nos hacía no quedaba registrado. Los rumores, las campañas negativas. Había pasado a buscar un documento, el segundo día del conocimiento del caso, cuando escuché una conversación entre una secretaria del tribunal y un oficinista.

—Él es el abogado del jefe de la banda que dejó ciega a Francia Ugarte—dijo ella.

Fue lo suficientemente alto como para que la escuchara, así que presté atención.

—¿El Gordo? —preguntó el oficinista.

—Sí. Su cliente es El Gordo.

El hombre hizo un gesto y me miró.

—Pues lo considero, porque ese caso está perdido.

El Sargento Lorenzo, que estaba asignado en el tribunal, me advirtió:

—En ese caso los van a condenar a todos. La prensa y la fiscalía buscarán cada detalle para que, incluso si hubiera alguna irregularidad, no descarguen a los imputados. Deja eso ahora: no tienes cómo ganar.

El teniente Bonilla, quien también era policía y abogado, igual que yo, tampoco creía que el Gordo era inocente. Entendía que sería condenado, y me dijo:

—Una persona que haga lo que hizo el Gordo, jamás debiera salir de la cárcel. Mi deseo es que lo condenen a mínimo cuarenta años, y que no consiga libertad condicional.

De manera que era mucho mayor el deseo de subir al tribunal, de demostrar el

34

abogado que soy y ganar contra todos los pronósticos. Sin devaneos, sin titubeos, pensando en grande. A pesar de todo lo que teníamos en contra, fue muy emocionante soñar, creer que se podía. La idea de poder estar en un escenario como ese con la posibilidad, aunque fuera mínima, de ganar, para mí era suficiente. Estaba tan enfocado que jamás me vi perdido, siempre meditaba, ensayaba el discurso de apertura obsesivamente.

Incluso planificaba detalles para el de clausura, sin comenzar aún la primera causa. Esta práctica me hizo estudiar al juez González. Era un hombre conciso a quien le gustaba que los abogados fueran al grano, al fondo del asunto, sin dar vueltas. Recuerdo que en una ocasión, cuando un Fiscal no dejaba de insistir en cierto tema, le reclamó de forma muy enérgica:

—Yo no tengo miedo de mi decisión. Si ustedes no están de acuerdo, solamente tienen que apelar.

Y dio el asunto por zanjado.

II

Policía y abogado

Mi vida en la Policía no siempre fue color de rosa. Fueron veintiún años, por supuesto que hubo altas y bajas. Me habían transferido del área de docencia, daba a los oficiales clases de derechos humanos, derecho internacional humanitario, dignidad humana, uso de la fuerza y derechos fundamentales. Mi traslado del área académica se lo debo al Coronel Méndez, que era Administrativo de esa dependencia, quien me dijo que no podía ser abogado, policía y profesor allí. Solamente quería un personal que trabajara en el Departamento. En ese momento yo estaba patrullando de supervisor, tenía que combinar la labor policial con mi trabajo como abogado criminalista, entonces era legal. Llegaba agotado y tenía que ponerme a estudiar casos complejos y analizar temas de política criminal.

Tras dos décadas, entendí que ya mi etapa como Oficial había concluido. Aprendí bastante, especialmente investigación criminal, criminalística y a creer en mí como persona. Ingresé a la institución con diecinueve años y me faltaba poco para concluir mi carrera en el cuerpo del orden cuando asumí este caso. El entrenamiento en la policía era muy duro. Aprendí a ver las cosas de otro color, siempre le dije a mi madre que no duraría más de dos décadas, el tiempo reglamentario para retirarme.

Cuando terminaba el primer año, le decía que ya faltaba poco, solamente diecinueve más, y se reía a carcajadas. Cuando aprendí los mecanismos de la policía se hizo raro que me sancionaran, pero antes de eso, en más de diez ocasiones acabé encerrado por cinco, diez y hasta treinta días, por "faltar a un servicio". Me gustaba servir y desafiar el peligro, muchas veces, pensaba en 2 Timoteo 1:7 "Porque no nos ha dado Dios espíritu de cobardía, sino de poder, de amor y de dominio propio". La cobardía no ayuda a ganar, los perdedores son cobardes, los ganadores son valientes.

Varias veces fue mi madre, Daysi, a verme cuando estuve preso. Con qué cara de asombro esa escritora, intelectual, profesora y orientadora, que siempre se mantuvo estudiando y al final también fue abogada, con sesenta años de edad, me miraba entre rejas a pesar de estar en el bando de la ley. Me decía que podía pedir mi renuncia, sin embargo yo seguía firme dentro de esa institución tan rígida, y ella sabía que si cometía algunas faltas no por maldad, sino por la inexperiencia y la juventud, que es atrevida.

La verdadera razón de mi vocación de policía era más por el deseo de ser independiente desde joven. Entendía que tenía todo lo que necesitaba, nada me faltó en casa. Mi padre, Manuel, un prestigioso abogado y pastor, siempre me decía:

—Pase lo que pase, nunca dejes de comunicarte con Dios. Ora y tendrás las respuestas a todas tus preguntas.

Supe instintivamente que si me quedaba estancado y cómodo, entonces solamente sería eso: el abogado hijo de Manuel. No quería que fuera así. Deseaba salir de la zona de confort. de esa comodidad que me daba mi casa. Decidí ingresar a una institución donde las cosas se me pusieran más difíciles. Anhelaba incomodarme, ver otras alternativas y posibilidades, ver qué me podía ofrecer la vida fuera de la protección de mis padres. La mejor opción, sin dudas, era ingresar a la Policía.

Me pasaron cosas extrañas. En una oportunidad, un coronel me encargó nada más y nada menos que escuchar si su mujer le estaba siendo infiel. Al negarme a realizar la operación me sancionó con 72 horas bajo arresto en el recinto policial. El alto oficial era elegido siempre para escuchar conversaciones de figuras públicas y ni su esposa fue ajena a esa situación.

Cuando tienes un sueño lo cumples a toda costa, y ese era mi sueño. Ser policía y también abogado penalista, en especial los casos criminales, donde la criminalística juegue su rol básico como ciencia. No puedo negar mi inclinación hacia los debates y cuando puedo tratar temas neurálgicos, aún mejor. Mi deseo era discutir en la escuela con los ateos, socialistas, izquierdistas, feministas. Me apasiona el tema. Cada vez que leo, me gusta buscar la parte contraria, complicarme y ponerlo al revés para sacar una lectura diferente, con un razonamiento lógico.

Las discusiones me gustaban a todo nivel. Para avanzar como abogado, es esencial el debate. Escribí dos libros, uno sobre Procedimiento Policial y el otro, sobre la Policía durante la intervención norteamericana. Apenas era sargento y tenía veintidós años de edad. Siempre tuve a mi lado personas negativas y tóxicas, nunca creían en mis proyectos, como por ejemplo este caso.La bendición con tocar es inmensa. Recuerdo la historia del rey Midas, que según la mitología griega gobernó alrededor de 740 a.C., el monarca tenía la habilidad de convertir todo en oro[4]. Según Aristóteles, Midas murió de hambre a causa de este increíble pero también terrible poder. Hay diversas versiones del mito, pero se asume por lo general que fue Dionisio quien le dio esa facultad. El rey pensó que era un premio, en nuestra época pensaríamos que Midas se había ganado el premio gordo de la lotería. Pero sería una vida muy difícil y aburrida. Ni siquiera podía comer, ni beber, porque hasta las cosas más básicas se

---

[4] Hoy sabemos que el protagonista del mito, el rey Midas, existió realmente y se corresponde con uno de los primitivos monarcas de Frigia. Bajo su gobierno, entre el último tercio del siglo VIII a.C. y comienzos del siglo VII a.C., los frigios alcanzaron su etapa de mayor esplendor.

transformaban en oro. Dionisio aconsejó a Midas que se bañara en el río Pactolo, pero el río también se transformó. Una excelente reflexión para aprender de las cosas materiales.

Una vez escuché una historia de una señora que lloraba en los alrededores del salón de audiencias, su llanto se escuchaba en toda el área donde se impartía justicia. Ante el asombro del personal de seguridad que estaba al lado de su abogado, escucharon que este le decía:

—Señora, las lágrimas no me apoderan de su caso. Lo que me apodera es el dinero, una vez usted me pague, yo resuelvo su caso—siguieron los sollozos de la mujer, pero el letrado no cedía, y repitió—. Las lágrimas no me apoderan.

Ese discurso de chantaje, "si no me pagas no serás libre", habla de los principios y el compromiso del abogado con la Justicia, que en ese caso podríamos decir que eran casi nulos.

Todo esto lo pensé al cuadrar con el Gordo qué cantidad de dinero le cobraría. Pensé que era mejor seguir estudiando su caso y no enfocarme en la parte económica, porque al final, y yo lo sabía por instinto, era un caso millonario. Es un compromiso cumplir la palabra dada, da igual que la firma de uno esté o no en un papel. Una responsabilidad que tiene que ver con la libertad de una persona, no es juego. El pacto es con Dios, con uno mismo y luego con el cliente.

Cuando llevamos a cabo lo que hemos prometido, todo fluye. Ese ambiente de armonía que teníamos El Gordo y yo, fue capaz de hacer que el caso se manejara en su favor y provecho. Nariz también tenía posibilidades de salir airoso, pero los otros tarde o temprano saldrían condenados por la justicia y la sociedad. Había que ser cautelosos y cuidarnos de todo el mundo, hasta de nuestros colegas que llevaban la defensa de los demás acusados.

En esta profesión uno aprende rápido que el lenguaje corporal y las posturas dejan señales claras de lo que uno quiere expresar, y que la primera impresión hay que aprovecharla al máximo. Muchas veces cruzamos las piernas, los brazos, utilizamos sonrisas y voces falsas. Es importante mirar a las personas fijamente a los ojos y tener un discurso positivo para conseguir el caso millonario. Gesticular con las manos abiertas y asentir con la cabeza, son básicos para obtener resultados positivos, pues demuestran que uno está escuchando.

Podemos controlar nuestras palabras, mente y espíritu, tratando de manejar las emociones, sin reaccionar a todo. Esa actitud es la que nos va llevando al siguiente nivel. Se burlarán, nos harán bullying, porque no serán capaces de entendernos. Pero siempre estaremos firmes y adelante, sin desconcentrarnos de la meta. Es una excelente estrategia parecer de bajo perfil y pasar desapercibido, para luego arreciar. Si demuestras fuerza de carácter y además tu palabra es confiable, vas a ser un líder, serás recomendado por otras personas, que hablarán bien de la forma en que te manejas en tu trabajo.

El afán de buscar la verdad implica muchas veces tener enemistades, estar en situaciones de peligro, una necesidad de fijar posición. Es importante tomar en cuenta las diferentes posturas, ponerse en el lugar de los otros. El rol de un juez honrado es colaborar con la disminución del crimen en la sociedad y mantener el buen orden, por esa razón hay que cuidarse mucho de condenar a una persona inocente, o descargar a un culpable. Sin embargo, en Derecho decimos que es mejor descargar al culpable que condenar a una persona inocente. Cuando un culpable sale libre, sabemos que más tarde o más temprano será condenado. Por cada inocente condenado en falso, queda una huella imborrable, un daño a él, a los suyos y a la sociedad. La justicia tiene varios símbolos, entre ellos, la balanza, para que no se incline parcialmente a ningún lado.

En la defensa de un cliente no se puede ser tibio. Hay que dar todo lo que tenemos en el Estrado. Las técnicas son muchas: bajar y subir el volumen de la voz, quitar y ponerse los lentes, dar miradas pasivas o activas, atender fijamente a cada uno de los actores del proceso. Se debe notar el desagrado, haciendo gestos, cuando sabemos que los testigos mienten. Hay que responder con delicadeza y en tono bajo las exposiciones que nos perjudican, para tratar de sacar de concentración a nuestros adversarios en el litigio. Al final lo dice claramente un viejo adagio: "Es mejor ser temido que ser amado".

Es muy importante un lenguaje agradable, a fin de fijarlo en el pensamiento y en la práctica diaria. Disciplinar la voz, controlar los sentimientos, los impulsos de generosidad y de entusiasmo es mucho más expresivo que si se mantiene ajena a tales disposiciones de espíritu y de corazón. "Hablar bien, pues, es introducir en el mundo un factor de paz y de concordia". En los procesos se toma en cuenta el tono de voz y los matices de un mensaje. La elección de la palabra debe preocupar al abogado, saber que tiene una relación directa con el pensamiento. Evitar el lenguaje confuso, entrecortado o desigual, implica o engendra un pensamiento de la misma calidad.

Aplicando un derecho dúctil, el juzgador maneja un derecho basado en el principio de legalidad y de la igualdad ante la ley, la libertad y la justicia, basada en las declaraciones fundamentales de cada uno de los países del mundo. Universalidad de los lenguajes del derecho, una superación de políticas donde cada figura jurídica es importante.

En los silogismos judiciales debe primar el supuesto de hecho, y el hecho abstracto tal como ocurrió en el caso. Es más importante el hecho abstracto que cualquier cosa, para obtener la verdad y un resultado con una victoria aplastante. Buscando un modelo judicial del derecho, con aplicación, estudiando y asumiendo el derecho de una manera seria y la naturaleza del hombre, que lamentablemente, se ha ido degradando y la interpretación de los criterios y cánones, elaborada por el positivismo.

Lo peor que podría ser un juez, es cometer denegación de justicia utilizando malicia o pretexto de silencio, obscuridad o insuficiencia de la ley. No obstante el requerimiento de las partes, jamás podrá haber negativa por parte del juez de decidir, siempre debe fallar y hacerlo sin miedo. Es tan complicada la facultad proveniente de la divinidad, la acción de decidir. La valoración y juicio no es facultativa del juez, sino un compromiso de todos los actores, aunque al final somos imperfectos y humanos.

La práctica delos aspirantes a jueces, fiscales, policías y funcionarios encargados de hacer cumplir la ley, de visitar constantemente los recintos carcelarios, es también importante. Recordé la frase de Víctor Hugo, hablando de los seres humanos: "La dicha suprema de la vida es la convicción de que somos amados, amados por nosotros mismos; mejor dicho, amados a pesar de nosotros"[5].

Esteban era el fiscal litigante del caso, un titán acucioso que preparaba de una manera clara, precisa sus alegatos. En la barra que representaba al Estado estaba también Rosa, quien era tan talentosa que más adelante fue ascendida a Fiscal Titular, pero tuvo sus diferencias con las siguientes autoridades superiores y alegó acoso laboral, ya que al parecer su vínculo

---

[5]Tomado de una de sus obras cumbre, *Los Miserables,* novela publicada en 1862.

era muy directo con el Procurador General saliente que fue encarcelado por un proceso judicial acusado de corrupción.

Era un equipo fuerte, siempre socializando en los pasillos, durante el proceso del caso hacían tertulias con sus pares abogados y también con el magistrado. Viéndolos trabajar, supe que eran realmente unos domadores de serpientes y leones. Otros fiscales que estaban trabajando en el caso eran Juan y Edgar, a quienes yo ya conocía. Entre audiencias, o en cada receso, Juan se fumaba lentamente su cigarrillo mirando hacia arriba. Se distraía como si viajara lejos, pero cuando entraba al tribunal estaba muy despierto. Tanto él como Edgar iban listos para ganar, eran abogados muy capacitados y con buena relación con los medios.

Tenía que estar pendiente que no pasara una prueba ilegal o espuria. El estrado es igual que una guerra: hay hostilidades, actuación, parafernalias, falacias, que son parte de las técnicas de litigación. La mejor forma de detectarlas y combatirlas era ponerme en lugar de mis oponentes, pensar la forma en que presentarían el caso, su orden de pruebas. En primer orden estaba Memin, encabezando la acusación de la carpeta fiscal por haber hecho el disparo que le quitó la visión a Francia Ugarte. La fiscalía tenía unos videos que supuestamente probaban el atraco, minutos antes, a la señora Brujan, verdadera víctima y no Francia, quien venía siendo algo así como un daño colateral. Rosa no desaprovechaba ninguna oportunidad que se le escapara a Esteban viceversa. En pleno juicio ella intervino y dijo:

—Cierren todos sus ojos e imaginen un minuto sin visión. Así está Francia Ugarte en este momento.

Me llamó bastante la atención cómo utilizaba la simpatía hacia el dolor de Francia, entre otras muchas herramientas, para convencer al tribunal y al público en general, conmoverlo con la emoción.

Memin era muy tímido, nunca hablaba. Según la policía, había confesado participar en estos dos crímenes (el atraco y el disparo), pero nunca lo hizo en el tribunal.

Siempre guardó silencio, que es un derecho otorgado por la Constitución, pero hay un dicho popular: "el que calla otorga". Nunca he estado de acuerdo con que mis clientes no hablen. Es la oportunidad de hacer una defensa material, en dos vertientes: si es culpable, pedir perdón, y así obtener una sentencia más baja; si es inocente, defenderse dela acusación. Mi padre siempre me decía: "Hijo, cuando el juez ve al acusado con una actitud de arrepentimiento, no le impone la pena máxima, se apiada. Si eran treinta años, le da quince; si eran veinte, diez, o menos. Siempre es bueno pedir perdón del hecho cometido, ante Dios, los jueces y la sociedad". Nada más real que esto.

Nunca entendí su silencio, qué razón tan poderosa tenía para no hablar en su defensa. Sí supe después que se dedicó a hacer negocios en la cárcel y le iba muy bien.

El primer día del juicio estaba dibujando (a mi manera, conste que no soy pintor) un gato. Eduard, mi compadre y amigo, que dibuja y pinta muy bien, me dijo que a pintar se aprende dibujando, aunque fuesen garabatos. Garabatos veía dibujar al compadre, y garabatos dibujaba yo.

Recordando las palabras de Mark Miller, "No quiero que lleguen al final de su carrera y se den cuenta que desperdiciaron sus talentos"[6], me di cuenta que me faltaba bastante por investigar, había que dar todavía más. Los talentos hay que aprovecharlos al máximo. La práctica, repetir, leer, investigar, curiosear, son ca-

---

[6]Esta cita de Mark Miller aparece en el libro *Equipos Triunfadores*, publicado en 2013.

racterísticas que deben funcionar en cualquier profesión. El abogado tiene un compromiso real con la lectura, si una persona estudia derecho y no lee, le recomiendo que se dedique a otra carrera. Claro que la lectura no está supeditada solo a los abogados: los emprendedores, los médicos, los empresarios, todo profesional debe leer y actualizarse para perfeccionar diariamente su oficio, en conjunto, por supuesto, con la experiencia práctica. Los libros pueden ser caros pero se pueden cambiar, prestar, donar, regalar... en fin, no hay excusas. Comprar libros es una de mis principales pasiones: sea por audio, digital o escrito, es un libro.

Investigamos la mayoría de casos que tuvieran esas características, golpes y heridas, lesiones permanentes. La visión es importante para todos nosotros, pero en el caso de Francia Ugarte, más, porque era ingeniera civil de profesión. Es como una lesión permanente en las manos de un pianista, o en las piernas de un jugador de baloncesto. Mercedes, la abogada Defensora Pública de Bululo, era una profesional, capaz de dominar todo el escenario en estrado. La acusación apuntaba a que su defendido andaba con Memin, y que supuestamente el arma que se le había ocupado fue la que se disparó contra Francia.

Desde la medida de coerción, Mercedes recusó al juez Pérez por estar parcializado. Ella entendía que debía suspender esa audiencia, que aún no estaba preparada, hizo todas las diligencias posibles y le faltaban piezas en su tablero para armar su estrategia de defensa. El magistrado Pérez se oponía a la suspensión de esa audiencia por la naturaleza misma de las medidas de coerción. Además de que necesitaba tiempo para conocer el expediente, Mercedes no había coordinado la defensa material de su defendido, no se habían puesto de acuerdo, sin lugar a dudas, no había condiciones para conocer la audiencia.

La decisión del juez fue separar el caso de Bululo, que la Corte que decidiera sobre la recusación y continuar con los demás acusados, a los que les impuso la prisión preventiva como medida de coerción.

Viéndolo desde el punto de vista crítico, la decisión de Mercedes de recusar al juez tuvo un excelente resultado sus estrategias, tanto que su cliente fue descargado en el primer juicio. Aunque en el segundo no le fue igual, ya que ella había presentado problemas de salud y no pudo dar todo como hizo desde la medida de coerción, por eso el resultado final y la condena de veinte años. La conclusión del juicio, parecía la crónica de una muerte anunciada.

En la audiencia preliminar, antes del juicio, Mercedes expuso algunos puntos muy importantes:

—La afirmación de que un hombre está jurídicamente a conducirse en determinada forma, no significa otra cosa que, en caso de la conducta contraria, deberá imponerse una sanción, como una reacción contra esta conducta—dijo —. En el caso de mi cliente, no tiene absolutamente nada que ver con los hechos que narra el Ministerio Público. Esa arma fue implantada, violando el debido proceso de ley y la tutela judicial efectiva, con el interés de inculparlo. Se trata de una investigación poco seria, con un elenco procesal bastante defectuoso.

Con una defensa como esta, más las debilidades del proceso, consiguió Mercedes el descargo de Bululo en el primer juicio.

El tema de la recusación no es un asunto personal del litigante hacia el juez. La persona que tiene la facultad de decidir debe saber que los abogados tienen que conocer sus procesos, desarrollar sus talentos, utilizar las herramientas que les concede la norma. La parcialidad del juez, en juicios de mucha prensa, se ve en entredicho en muchas ocasiones. Algunas veces se trata de quedar bien con la parte acusadora, sin que esta decisión esté basada en la justicia, y menos de hecho o derecho.

Es usual ver también fiscales o abogados acusadores recusar a jueces que ellos entienden que son muy garantistas, en fin: muchas veces se recusa porque el juez no conviene. En mi ejercicio he realizado varias recusaciones, siempre desde una base legal genuina, nunca nada personal, y puedo decir que el respeto en audiencias subsiguientes es superior. La recusación molesta al juez, baja su evaluación de desempeño porque una de las partes duda de su imparcialidad. Entiendo que si alguna parte tiene dudas de que el juez no tiene la suficiente parcialidad, lo más lógico e inteligente es que se inhiba, y que el proceso avance con otro juez. Claro, también es una estrategia para ganar tiempo, muchas veces las diferentes cortes de apelación rechazan la recusación.

Sugiero que antes de recusar a un juez o un fiscal lo hagamos con la altura debida, es decir, siempre diciendo, en el caso de los jueces, "Señoría", "Magistrado", "Noble juez", con el mayor nivel de respeto. La investidura de un juez nos obliga a dirigirnos a él con el mayor cuidado, sin importar que entendamos que no está siendo imparcial con el proceso que tiene a su cargo. Es tan solo un incidente entre la parte que recusa y el juez, no como ocurre regularmente, donde que se procede a darle la palabra a todas las partes y hacerle una especie de juicio al juzgador. No está bien que el juez le dé oportunidad a pronunciarse a todas las partes, a menos que esa haya tenido interés en adherirse al petitorio de recusación.

Los métodos de investigación tienen varias particularidades. En el derecho anglosajón no existen fiscales. En Inglaterra, Scotland Yard tiene competencia para la región de Londres, y el verdadero nombre de la rama especializada en la investigación es "*Criminal Investigation Department*". Este departamento tiene técnicos de encuesta criminal, inspectores que asisten dentro de los cien condados de Inglaterra, bajo solicitud expresa de las autoridades locales, para resolver los crímenes graves. Francia tiene tres órganos de policía diferentes: La Seguridad Nacional, (*Sureté Nationale*[7]), policía civil de todos los departamentos franceses; la Prefectura de Policía (*Préfecture de Police*), competente en los límites de París y sus departamentos periféricos; y la Gendarmería Nacional (*Gendarmerie nationale française*), policía militar encargada de la tranquilidad y de la seguridad de los campos. Distintos modos de hacer las cosas, pero un solo objetivo: mantener la paz, la tranquilidad y la justicia.

Siempre debemos tener presente a las personas que se envían a la cárcel. El Estado tiene la obligación de garantizar la

---

[7] Actualmente, Policía Nacional (*Police nationale*).

seguridad y convivencia de todos sus ciudadanos, debiendo contrarrestar estas "academias de delincuencia", que han devenido de cárceles, adoptando una definida política penitenciaria cuyo objetivo es modificar en un porcentaje importante la conducta del condenado, reinsertándolo a la sociedad, como un ente "superado y productivo". Una de las cosas que menos se entiende del tema carcelario, es la inversión que hacen los Estados en construir grandes prisiones y poca inversión en los temas de educación. Por ejemplo, es fácil darle las tres comidas diarias a un preso, que brindarle el alimento al estudiante.

La imparcialidad e independencia son figuras claves que debe tener quien juzga. Sabemos que los jueces son seres humanos, cometen errores, sin embargo, la independencia es una figura jurídica que anhelamos y que las decisiones sean sin presión mediática, ni mediante la justicia por mano propia, que los medios de comunicación no influyan en la decisión del juez.

Bululo, según los datos del proceso, era mecánico, y cuando fue apresado por el caso tenía apenas 26 años, una persona joven. Se sabe que por primera vez estaba envuelto en asuntos de justicia. Creo que jamás pensó que iba a ser apresado en el segundo juicio, cuando fue descargado en principio. Obviamente, nadie que sepa que será condenado irá a que lo apresen.

Dos semanas antes del juicio, dibujaba en mi agenda al lince, el único género de félidos maulladores común a los dos hemisferios. En algunas regiones de la India, este animal se domestica para cazar gacelas, liebres, garzas y otros animales. Para elogiar su ligereza, se dice que si se le suelta en medio de un grupo de palomas, puede matar ocho o diez antes de que puedan alzar el vuelo. Esto fue lo que hizo exactamente Mercedes: moverse como un lince. Los adversarios, están esperando cualquier error de la defensa, para aprovechar y obtener una prisión o condena. Imagino todo lo que tenía en la mente Mercedes para obtener el descargo de Bululo en el primer juicio. Como solo estuve en el segundo juicio, no pude apreciar el trabajo arduo que hizo esta abogada a principios del caso, pero lo que leí fue impresionante.

La parte de la ferocidad se expresa en el salón de audiencias, previo a ver el escenario, examinar sus pares en la barra y sus contrarios. No quiere decir que se entre en la falta de respeto, por el contrario: mantener, como hizo Mercedes, la cordura y la calma, para no ceder a la impotencia de alegadas violaciones de derechos constitucionales, expresar con el debido respeto sus alegatos, refutar, contradecir y replicar con ferocidad, buscando tener los mejores resultados para su representado. Si los acusadores pensaban que iban a tenerla fácil, se equivocaron. Mercedes se mantuvo en un bajo perfil, esperando el momento preciso, persiguiendo a su presa, que podrían ser liebres polares, aves, pero en ocasiones venados. Todo el mundo sabe que solamente los medios de comunicación pueden hacer condenar a cualquier persona inocente, olvidando la frase "no son todos los que están, ni están todos los que son".

Para el lince, cazar ocho o diez palomas debe ser sumamente rápido. Vemos a diario la destreza de las palomas para volar. Debe ser un gran salto capturar al mismo tiempo todas esas palomas simultáneamente. El lince caza también a otros animales rapidísimos, como gacelas y liebres. Es lo mismo en el proceso: en la guerra del estrado se pone en evidencia la rapidez del abogado litigante.

Lo ocurrido entre Mercedes y el Juez Pérez fue en buena medida una lección de Derecho en sí misma. Ella citó a Kelsen[8]:

---

[8] Hans Kelsen (1881 –1973) fue un jurista y filósofo austríaco de origen judío. Defendió una visión positivista (o iuspositi-

—Creo que es necesario recordar que la justicia es una "administración", cuya función no difiere de las restantes, olvidando que "la administración del presupuesto político-jurídico, que da razón de esencia y justificación, de existencia al Poder Judicial: la independencia".

Pero el Juez Pérez le contestó con el mismo Kelsen cuando le recordó:

—El derecho es obra de los hombres, las normas jurídicas siendo creadas por actos de voluntad humana, las mismas relaciones humanas, pueden ser reguladas en diferentes órdenes jurídicos o en el mismo orden jurídico en distintos tiempos y en diferentes modos. En esa virtud son posibles los conflictos de normas jurídicas.

Toda esta doctrina forma parte de la "Teoría pura del derecho", y el Magistrado Pérez era kelsiniano. Por lo cual la

---

vista) que llamó "Teoría pura del Derecho": un análisis del Derecho como un fenómeno autónomo de consideraciones ideológicas o morales, del cual excluyó cualquier idea de Derecho natural.

discusión fue muy interesante y digna de verse. El tema de administración de justicia va acompañado de una "sana administración", donde se supone que si es "justa", es también "sana". Pero esto no se cumple siempre ya que, en definitiva, a los pobres se les aplica todo el tiempo "el peso de la ley" y el "caiga quien caiga".

No podemos olvidar que los jueces son servidores públicos, esto implica servir. Para Zaffaroni[9], el "servicio" tiene su importancia en la medida en que los ciudadanos necesitan resolver eficazmente sus conflictos, pero esta función no agota todas las manifiestas y la insistencia predominante en ella, "corre el riesgo de subestimar las restantes. Por cierto que la denominación de servicio podría admitirse en sentido muy amplio, si se piensa que cualquier función o poder estatal es un "servicio" y el más estrecho y especifico del derecho administrativo, que lo

---

[9] Eugenio Raúl Zaffaroni (Buenos Aires, 1940) es un juez, jurista y criminólogo argentino. En el área doctrinaria se destacó por sus aportes a la teoría del delito desde la concepción finalista.

acerca peligrosamente al más subalterno de administración de justicia, nos lleva a no preferir su empleo, sin perjuicio de reconocer el importante aspecto de servicio que tiene cualquier judicial"[10].

Ese complicado trabajo de ser juez nos pone a pensar sobre la dificultad que se presenta del juez garantista que, apegado a las normas constitucionales y legales, es común que sus decisiones sean de descargos, penas leves o diferentes a la prisión preventiva. Por el otro lado, el juez pro Ministerio Público, utiliza las condenas y la prisión preventiva de manera que predispone la presunción de inocencia por culpabilidad.

En varias ocasiones el Juez Pérez argumentaba:

—Nunca nadie me ha llamado para que tome una decisión de su conveniencia. Lo hago apegado a la ley. Aconsejo a los jueces de nuevo ingreso a la carrera judicial

---

[10] Esta cita de Zaffaroni aparece en *Estructuras Judiciales,* publicado en 1994.

que no se concentren en las noticias, que fallen conforme al derecho.

En varias ocasiones, el equipo médico que atendía a Francia Ugarte mencionó la posibilidad de que no perdiera la vista de manera total. La llevaron a Estados Unidos para tratar de salvar el ojo izquierdo, habiendo descartado de manera total la visión del otro ojo. Se hicieron varias oraciones vigilias en favor de Francia, que al momento de los hechos tenía apenas 28 años.

A través de los medios pude ver al señor Isidro, el padre de la joven ingeniera, pedir a todo el país que orara para que su hija no perdiera también la visión del ojo izquierdo.

—Se me hace muy difícil que mi hija no pueda recuperarse, pero aceptamos la voluntad de Dios —decía.

Era una prueba sumamente difícil para toda la familia. También dijo que no rechazaba cualquier "ayuda humanitaria y voluntaria" que las personas puedan hacer por su hija, y que habilitaría una cuenta para esos fines. En los medios y en las redes sociales se había creado una cuenta falsa, de personas que sin importar el dolor ajeno quisieron sacar provecho de esta situación.

III

Estudio y preparación

Tres meses antes del juicio, pensé en la frase de Rimbaud: "La verdadera vida está ausente". Estuve más de quince días preso (como ya mencioné, eso era bastante común cuando era policía), pero seguí haciendo mi trabajo como abogado. La situación fue tan interesante, que durante el tiempo en prisión seguía con la lectura, y tuve tiempo de calidad para disfrutar los libros que me llevaba mi hermano Ariel a la Cárcel. Lo más doloroso fue que se me perdieron mi computadora portátil y mi pasaporte. El pasaporte no me dolió tanto como la computadora, porque había escrito un libro de historia de la policía reciente. Claro que todo esto fue en un momento en que no estaba prohibido por la Ley ser abogado y policía. En esas etapas solía llamar a colegas abogados y también me representaba a mí mismo. Recuerdo en una oportunidad, que el Coronel Almanzar me hizo un informe con una sanción de diez días, la cual procedí en apelación, aunque sabía que su hermano era General y tendría influencia en la decisión. Aproveché esa coyuntura y lo ataqué tanto a él por sus arbitrariedades, como a los oficiales que aprovechando su rango, maltratan a los subalternos.

Era un caso por un desalojo que hizo de manera irregular mi cliente Raúl, al cual le conocieron medidas de coerción y se le impuso una fianza de cuatrocientos mil pesos a través de una compañía aseguradora. Ese procedimiento lo había hecho Raúl sin mi consentimiento, ya que aún no estaba lista la sentencia. Pero los inquilinos nos acusaron a los dos. Lo más interesante es que la investigación estaba a cargo de Miguel, un fiscal que estudió conmigo en la universidad y pensé que iba a inhibirse, e incluso se lo sugerí pero no lo hizo, por lo que procedí a recusarlo explicando las razones de que nos conocíamos y legalmente le estaba prohibido llevar esa investigación.

La policía me suspendió en mis funciones de oficial y fui llevado ante el Procurador Castillo, la persona que le había dado instrucciones a Miguel para que me apresara y sometiera a la justicia. Justo esa noche, le tocaba al magistrado Ricardo el conocimiento de esa vista, sin embargo, como me enviaron sin custodia, no me presente esa noche, sino que pasaron quince días cuando llegó una nueva notificación. Incidenté mi proceso varias veces, buscando la insuficiencia de pruebas de mi causa, una libertad por violación a la Constitución. Y me impusieron una garantía económica por el doble que a Raúl, es decir, por ochocientos mil pesos. El Procurador Castillo recibió comisiones del Colegio de Abogados y de la Policía Nacional, apoyándome. Sin embargo, hizo caso omiso sin tener ninguna prueba en mi contra. Solamente alegaba que esas personas, los inquilinos, eran compañeros de su partido. No entendía todo esto hasta que el Procurador me propuso:

—Si tu padre, Manuel, viene donde mí, no presento cargos.

No entendí qué tenía que ver mi padre con ese asunto. Aparentemente Castillo vivía cerca de la casa de mi padre y tenían una situación personal que nunca supe. Robert, mi amigo, era abogado, y viendo que aquello iba por mal camino, enfrentó al cantinflesco Castillo, quien quiso intimidarlo y le dijo:

—¿Y usted quién es, es abogado? ¿Viene de parte de la Policía o del Colegio de Abogados?

Y Robert contestó:

—De los dos.

El caso no llegó ni siquiera la audiencia preliminar, pues el juez Antonio me dio un descargo por insuficiencia de pruebas y en sus conclusiones decía que ordenaba "Auto de No Ha Lugar", porque las pruebas presentadas por el Ministerio Público y la parte querellante no eran suficientes.

No hice acuerdo alguno, sino que conocí mi proceso, recusé al fiscal, en el transcurso también solicité un Habeas Corpus por prisión ilegal ante el juez Ricardo (fue negado). Quien me recomendó recusar a Miguel fue un también compañero de la universidad, Felipe, quien junto a su hermano Gerard, me acompañaron a hacer el escrito de recusación. A ellos también le agradezco el viaje a San Juan, Puerto Rico, a estudiar Criminología. También me defendió Lilibeth, mi mejor amiga y socia, quien fue la abogada que junto a Rigoberto estuvieron conmigo en la audiencia preliminar, a quienes les agradezco sus alegatos.

No tuve en ningún momento miedo. Al contrario: estaba convencido de mi inocencia, pero el tiempo en prisión fue tan valioso que aprendí más derecho penal y criminalística, conocí a mi socio Oscar, que estaba en la cárcel por un caso parecido al mío, y conocí a Marino, uno de los mejores gestores de casos, era lobista. También fortalecí mis relaciones con Francis, con quien aún comparto oficina y de ahí salió una sociedad que hemos aprendido y valorado mucho en nuestra profesión. No soy enemigo de Miguel, cuando me ve me dice: "por mí eres rico". Yo pienso que la resiliencia, esa capacidad de revertir lo negativo en positivo, es un proceso que debemos pasar, saber de nuestros errores, aunque tengamos miedo o temor debemos ir hacia adelante, dando lo mejor de nosotros.

Y si sabemos que no hemos cometido un delito, luchar hasta el final por ganar.

Haber estado en prisión me hizo ver las situaciones que pasan las personas privadas de libertad. En ocasiones nadie imagina las vicisitudes que pasa una persona privada de su libertad, se trata del bien más preciado. Ponerme en el lugar del Gordo era más fácil, ya que yo mismo había pasado por un proceso penal.

La dignidad personal es un derecho consagrado en la Constitución y los tratados internacionales. Lo más grande que tiene el ser humano es su dignidad, los valores, principios éticos, que son inculcados desde niños, forman parte de la formación de cada uno de nosotros y que nos evitan tener problemas con la Justicia. Todo vuela por los aires, y vendemos lo que no está en venta, existe mucha doble moral en la sociedad.

La moral implica no hacerles a los otros lo que no nos gustaría que nos hicieran. La frase bíblica "ama a tu prójimo como a ti mismo", resume todo. Exigimos de los funcionarios el tema ético, que incluye autoestima. Debo quererme yo, para querer a los demás. Hasta los animales tienen códigos de ética. Los presos no están exentos de que se tenga respeto por su dignidad, y estamos comprometidos con los derechos humanos de estas personas. Es difícil inculcar en la mente humana la posible inocencia del acusado. Siempre se cree que el que está esposado, es porque es culpable.

Carnelutti[11] decía: "La jaula o las esposas, son una enseña del derecho y por eso, revelan la naturaleza y la desventura del hombre".

Indudablemente, el resultado en los tribunales entre políticos y los ciudadanos de a pie, no es ni será jamás el mismo. Cuando se trata de narcotraficantes o funcionarios del gobierno reciben, al igual que personas que pertenecen a grupos económicamente poderosos, muchos beneficios: excarcelaciones por enfermedad, indultos, arrestos domiciliarios, con un trato diferente que a las personas pobres.

---

[11] Francesco Carnelutti (1879-1965), fue un jurista italiano considerado uno de los más influyentes procesalistas de todos los tiempos.

Comprender todo esto me puso a pensar en el consejo dado por el Juez William, en la maestría de derecho penal que hicimos abogados, jueces y fiscales, todos los viernes, con el tema de juicio oral y su importancia.

—Es esta etapa plena y principal del proceso penal —dijo —. En realidad, todo el proceso penal en su conjunto gira alrededor de la idea y la organización del juicio. Por otra parte, solo será posible comprender cabalmente un sistema penal si se lo mira desde la perspectiva del juicio penal.

Todo esto quedó en mi conciencia como si fuera una grabación y entendí las razones del fallo. En las *Miserias del proceso penal*, Carnelutti describe al "hombre de jaula", explicando que la forma de darnos cuenta de quién es la persona en realidad es estando en prisión. Pero, al final, la reflexión de Carnelutti es que todos de una forma u otra estamos en una jaula. Sobre los jueces y fiscales que no conocen lo que significa estar en prisión, sé que desde la comodidad de sus casas o despachos es muy fácil condenar.

Refiriéndose a los jueces y los abogados dice: "el más grande de los abogados, sabe que no puede hacer nada ante el más pequeño de los jueces. A menudo el más pequeño de los jueces es aquel que lo humilla más".

Estaba claro de lo que iba a enfrentar en el caso, cada una de las partes estaban conscientes del reto que enfrentaban y que el juicio nos iba a dar una lección a todos, no solamente en el aspecto académico, sino en lo social, moral, emocional y espiritual. Tenía que demostrar la inocencia del Gordo, buscar una coartada, una hipótesis convincente para ganar el caso. Con las teorías no eran suficientes, está muy bien la oratoria y los buenos alegatos, pero es ir más allá. Mientras el juez está llamado para la paz, el Ministerio Público y los abogados están llamados para la guerra.

Cuando se dio a conocer la sentencia de veinte y treinta años a tres de los cinco imputados, quienes debían cumplir su condena en una cárcel de máxima seguridad, una de las peores cárceles, el abogado Montaño dijo que no se había sentido muy bien con la condena de Bululo.

Pero el Fiscal Esteban dijo que estaba satisfecho con la sentencia.

El Ministerio Público es una institución nacida en Francia y proyectada a través del tiempo al derecho universal. El legislador francés le encomendó la parte activa de la función judicial, subordinando el nombramiento y supervisión de sus funcionarios al Poder Ejecutivo, sistema que tenemos en el "ordenamiento legal dominicano". La forma de escoger el liderazgo del Ministerio Público en el país, y de los Jueces de las altas cortes, ha sido heredado de ese país, pero esa realidad ha mermado el avance, la confianza en el Ministerio Público y en el Poder Judicial, ya que el tema político en la Justicia impide que se resuelvan los temas de corrupción e impunidad.

El Ministerio Público tiene un compromiso de objetividad que no cumplió en el caso de Francia Ugarte. Esto lo decimos porque nuestro representado El Gordo era inocente y no había una sola prueba que pudiera vincularlo a los dos hechos criminales. No estuvo en el atraco de la señora Brujan, ni tampoco cuando le dispararon a Francia. Bacán dijo de un gordo que había participado, pero jamás que era nuestro cliente.

Estaba con el Fiscal Esteban, hablando de la importancia del Ministerio Público y la parcialidad con la víctima de los procesos. De acuerdo con él, la intromisión del Ejecutivo impediría que se produjera una objetividad e imparcialidad en la investigación. Nunca un fiscal acusaría a un miembro de su partido, no obstante al clamor de justicia por parte de la sociedad, que espera que los casos grandes de corrupción los funcionarios sean investigados y sometidos a la acción de la Justicia. El caso de Francia es un ejemplo claro de que cuando se quiere investigar se investiga, esto no ocurre con los políticos y funcionarios públicos que utilizan los recursos del Estado para aumentar su patrimonio.

El proceso penal comienza por enfrentarse a un hecho social, a un conflicto, del que sabe muy poco. Sin embargo, por alguna vía las autoridades a quienes el Estado les ha confiado la investigación de los delitos (fiscales y policías) deben averiguar, en primer lugar, si ese hecho conflictivo que a la postre podrá o no ser un delito ha existido en realidad.

El tercer día del juicio, escuchando el orden de pruebas de la fiscalía, dibujaba un puma. De los gatos de mayor tamaño, este es uno, el único que puede encontrarse entre las especies maulladoras. Su carácter más notable consiste en la coloración uniforme del pelaje en el animal adulto, mientras los individuos muy jóvenes, presentan manchas oscuras que luego desaparecen poco a poco. Esa particularidad hizo decir al historiador español Garcilaso de la Vega, llamado también El Inca, al hablar de los cachorros de una hembra de puma que mataron en Los Andes, que eran "hijos de tigre", porque tenían "las manchas del padre".

El puma es un animal ágil y vigoroso, que con la misma facilidad persigue sobre el ramaje de los árboles a los diestros monos americanos, que se lanzan a grandes saltos sobre los venados. El naturalista Hudson, que pasó un gran tiempo en la pampa Argentina, la considera como la más sanguinaria de las fieras. Mata en efecto toda clase de animales, lo mismo salvajes como domésticos, desde el puerco espín americano, hasta el ciervo o el carnero montes, desde un perro hasta un caballo. Lo más extraordinario del puma es que, con todo esto, no ataca al hombre, y cuando ve que un humano

viene encima, de una manera sumamente
rápida, emprende la huida.

IV

El juicio

Con las palabras de Confucio[12] de "Con un buen gobierno, la pobreza es una vergüenza; con un mal gobierno, la riqueza es una vergüenza", pensé en un tema de imagen. El Gordo me había prometido comprarme un traje para cada vista del juicio más importante de mi vida y así lo hizo. Tenía un maletín de cuero, bien elegante, sencillo, porque la imagen en el abogado representa la mitad o algo más del pleito. Cambio de auto, trajes y maletín, daba una sensación de seguridad interior y aunque estamos convencidos de que esta actitud debe ser de adentro hacia

---

[12] Confucio (tradicionalmente 551a.C.-479a.C.) fue un reconocido pensador chino cuya doctrina recibe el nombre de confucianismo.

afuera, el exterior es el resultado de lo interior, cuando se combinan estos elementos con la sencillez y humildad, el resultado siempre es positivo y en beneficio de nuestro cliente.

Martin Lutero, el padre de La Reforma, decía que hay tres características para que un buen predicador tenga una buena prédica. primero, que se presente en forma debida, segundo, que cuando abra la boca diga "algo que valga la pena", sin largas pausas ni mirando hacia arriba, hacia abajo o distrayéndose con el celular, todo el mundo espera que cuando uno tiene la palabra sea convincente, que encante; y tercero y no menos importante, es que sepa terminar a tiempo, esa capacidad de síntesis que determinan los momentos más épicos del discurso. Las palabras vienen y van, por eso el abogado, el orador, el predicador, el vendedor o cualquier persona que quiere que su conversación llegue y sea recordada, debe terminar dejando lo más importante de último, haciendo un resumen breve, para que las palabras permanezcan en el alma, mente y corazón.

La acusación de asociación de malhechores para cometer atracos a mano armada fue la contenida en la carpeta fiscal, donde se acusaba a Memin, Bacán, Bululo, Nariz y a mi cliente, El Gordo, de que asaltaron a punta de pistola la señora Brujan, la despojaron de su cartera con la cantidad de treinta y cuatro mil pesos dominicanos, mientras esta, en compañía de su chofer Cesar, llegaba a su vivienda. Este era un dinero que había retirado del Banco minutos antes. Pero fueron Memin y Bacán los que según el plano factico del Ministerio Público se lanzaron contra la señora Brujan "despojándola del dinero", mientras que los demás acusados se "mantenían en un vehículo, vigilando para avisarles por si alguien se presentaba".

Bacán y Memin, ante la alarma de la señora Brujan, al vociferar "un ladrón, un ladrón", emprendieron la huida a pie, siendo perseguidos por una multitud de personas. Al llegar a una calle concurrida, le ordenaron a Francia Ugarte que parara el vehículo que conducía. Ella no obedeció e intentó darle hacia delante la marcha de su carro, pero había otro automóvil al frente, que lo impedía. En ese momento, Memin golpeó el cristal para abrir la puerta e hizo un disparo que impactó el rostro de Francia. Esa herida le produjo, según el informe médico, un "orificio de entrada en región maxilar izquierda y salida en región maxilar derecha", y le produjo una lesión permanente en ambos ojos que le impediría recuperar la vista.

Bacán sacó a Francia del vehículo y la lanzó al pavimento, y robaron el carro, que luego dejaron abandonado. A decir de la acusación de los fiscales Dante y Primitivo, la conducta "reprochable" de los acusados Memin y Bacán tuvo como consecuencia una "gran conmoción social, la cual se manifiesta por el seguimiento de los medios de comunicación".

Bacán fue criado en una familia patriarcal tradicional, donde el padre colocaba a la esposa en una situación difícil, donde "el hombre manda en la casa", y las decisiones domésticas, sobre todo las referentes al cuidado de los hijos, le tocaban a la mujer. La mayoría de jóvenes que delinquen, lo hacen con un cuadro parecido a este, pasando desapercibido la importancia de la familia como la parte más importante, de manera que lo valores inculcados allí, son difícilmente imborrables.

Existe en estos hogares una dependencia económica del padre, y el maltrato hacia los hijos y la mujer, son frecuentes. Como la función del esposo es cubrir las necesidades del hogar, una vez satisfechas, tiene amplia libertad para salir a efectuar cualquier tipo de actividad fuera del hogar. Pero de ahí viene la violencia física, reflejada precisamente en la violencia económica.

El Diputado dijo en su programa que la mayoría de las personas en el país han sido víctimas, por lo menos alguna vez, de un atraco o hecho de violencia grave, y declaró que "el himen del sicario se rompe con el primer asesinato". Centró su atención a los delincuentes a quienes les va bien, sin pagar ninguna culpa. Aclaró que constituye "una afrenta para la sociedad". Se supone que la Justicia "es ciega" y en la Justicia se comente muchas injusticias.

Tomó una iniciativa con una página de internet, escribiéndole al Presidente de la República y a los funcionarios judiciales, hablando de la indignación sobre el caso de Francia. Instó a todo el pueblo a firmar la carta, incluyendo los titulares de los poderes del Estado. En la misiva llamaba la atención al tribunal de que en el primer juicio, se puso en libertad a cuatro personas "las cuales confesaron". Era lo que él alegaba, entendiendo que como en su programa habían confesado, ya era suficiente. "Vemos con preocupación cómo asesinos, asaltantes, salen en libertad, sin ninguna culpa ni pena que pagar", sirviendo de estímulo para que más jóvenes "hagan lo mismo".

El Diputado fue director de una institución de su gobierno y salió desacreditado por un caso de corrupción de millones de pesos. Se habló de funcionarios bajo su mando que no iban a trabajar o que cobraban una porción de su salario. Fueron varios los reportajes periodísticos que se hicieron para denunciar la situación de esa institución y fue sometido por un antiguo compañero de partido. En una entrevista, cuestionado sobre el caso, se veía nervioso e inseguro en su respuesta, a pesar de ser un comunicador desde muy joven, que se manejaba bien delante de las cámaras.

La pregunta que siempre me hice fue: si al Gordo nunca pudieron demostrarle que se encontraba en el lugar de los hechos, ¿cuáles motivaciones podía tener la fiscalía para incluirlo en tan grave y seria investigación?

A Bululo le ocuparon una pistola cuando fue arrestado, y fue supuestamente con esta arma que le realizaron el disparo a Francia. Esto fue lo revelado por el Departamento Forense de la Policía Científica. Esta arma no tenía ningún tipo de documentos, cuando hicieron la depuración ante los organismos correspondientes, la misma no arrojaba datos, lo que significa que portaba esa arma de fuego de manera ilegal.

La situación más absurda fue la planteada por los acusadores públicos y privados en contra del Gordo, al afirmar que buscó a Memin y le entregó la pistola con que le causaron las heridas a la señora Francia Ugarte. Nunca pudieron demostrar esa tesis. Se supone, por una simple lógica, que si el hecho de la herida presentada por Francia fue consecuencia de un robo anterior, nunca estuvo pensado, analizado, premeditado, ensayado y menos preparado lo que al final le ocurrió lamentablemente a Francia.

El Gordo no tenía conocimiento de absolutamente nada de lo que ocurrió en el caso. No se presentó al tribunal ninguna prueba directa, vinculante, ya que a mi cliente, se le ocupó su pistola personal, que tenía como comerciante y utilizaba de manera legal. Lo contenido en el acta de acusación contra él era una historia inventada con el propósito de condenarlo, para satisfacer el morbo de los medios. Así se inventaron también un supuesto prófugo solo conocido como "el guardia", que también brilló por su ausencia y fue un fantasma que estuvo gravitando en todo el tiempo que duró la investigación. Es cierto que se trataba de un hecho sumamente grave, donde tenían que pagar los culpables que cometieron los hechos, pero los inocentes no pueden ser condenados.

Una de las cosas más importante de este juicio fue que en cada causa El Gordo y yo orábamos. Le pedía a Dios: "Señor, ayúdame tanto a mí como a mis compañeros en este caso, ilumina a los jueces fiscales y abogados y que salga la verdad, amén". Creo que esto fue clave.

A lo que me enfrentaba no era solamente a robo agravado y asociación de malhechores, sino también a portación ilegal de armas y golpes y heridas con lesión permanente y tentativa de homicidio, que de ser condenado, mi cliente podría enfrentar hasta treinta años de prisión. Habría que ser un león para salvarse de todo eso, y no cualquier león. Lo más elemental que debía hacer la fiscalía era retirar la acusación contra el Gordo por insuficiencia de pruebas, y no tener que pasar por la vergüenza de perder el caso. Aunque el deseo de tener un caso mediático, hacer justicia por mano propia, nos hace olvidarnos de la ley, y en definitiva fue esto lo que ocurrió con el Ministerio Público. Les gusta más el morbo, el linchamiento social. Incluso lo enfrentaban los hijos de mi cliente, que al ir a la escuela tenían que bajar la cabeza porque su padre salía en la televisión acusado de un crimen que no cometió.

Todo el mundo debe pensar antes de hacer un señalamiento, sobre todo con el drama que se vive en las cárceles. En el momento en que ocurría ese caso, fueron varios los hechos de violencia que pusieron la familia del Gordo en vilo, con la crisis del sistema de Justicia que agrava más esta situación.

Se trata de un panorama dantesco, un caos infernal, lo vivido por mi cliente durante su estadía en prisión. Es una tortura diaria desde que comienza el día hasta que concluye, esperando por horas los días miércoles y viernes las visitas de sus familiares. La verdad es que todos los gobiernos democráticos han creado el sistema penitenciario para perjudicar a los pobres. Ningún político de envergadura cae preso. Para ser trasladado a la Justicia, tenía que pagar, si no fácilmente lo dejaban. Todos los abogados de ejercicio, familiares y clientes saben los niveles de corrupción que se viven en las cárceles y que todavía existen. En los casos de narcotráfico y crimen organizado, o los llamados "crímenes de cuello blanco", tienen las mayores facilidades para resolver sus casos.

Para este caso, el juez William no solo tenía que ser sabio, conocedor de las ciencias jurídicas, versado sobre doctrina y jurisprudencia de los tribunales, conocer y palpar el sentir de la sociedad al ser este un caso tan grave, y ejercer la excelsa virtud de la equidad. Cada ley tiene su manera de aplicación, pero hay mandatos morales de la conciencia, principios eternos que se vivifican cuando se tiene que ejercer ese poder inmaterial y grandioso de juzgar. En una maestría de procesal penal, que estudiábamos jueces y fiscales, estaba el juez William, y sin temor a equivocarme, veía en este juzgador todas las características más importantes de un juez. Abrazaba la literatura, los buenos libros. Hablaba con denuedo de los clásicos y utilizaba un lenguaje distinto, porque su manera de hablar era diferente como profesor y juez, había que escucharlo. A todos los autores modernos los citaba de memoria. Recuerdo en una ocasión cuando dijo "lo peor en la justicia, es un juez con miedo, es capaz de hacer cualquier cosa". También recuerdo, la última audiencia, cuando el juez, con voz fuerte, citó a Esquilo, y dijo "Es una ley, sufrir para comprender".

La ventaja que tenía el juez era su humildad. Miraba atentamente a los culpables, como si supiera exactamente que fueron Memin y Bacán los que cometieron los hechos, sin dejar a un lado a Bululo, ya que se le ocupó el arma que hirió a la víctima. La forma que le hablaba tanto a los fiscales como a los abogados parecía salomónica, contrario a la naturaleza misma de los jueces, que no utilizan máximas de experiencia y de mirar más allá de la curva.

El juez sabía muy bien que el caso de la pérdida de visión de la víctima era fortuito, no intencional, y que el plan era realmente despojar a la señora Brujan del dinero. Luego, al huir, no tuvieron escapatoria por la persecución de la multitud. Luego de escuchar al Diputado, la propia víctima, y los agentes actuantes, peritos y ver el legajo de piezas del proceso, el juez se veía expectante, a ver si había algo más. Miraba insistentemente a nosotros y yo sé que se preguntaba qué hacia el Gordo sentado en el banquillo de los acusados, con una acusación tan débil para él y sin ser tampoco mencionado por los demás imputados de manera directa.

Todo el empeño puesto por los fiscales, abogados acusadores privados, por culpar al Gordo, fue en vano. Veía los labios del juez cuando le preguntaba a sus pares:

—Pero, ¿qué hace ese señor sentado en el banquillo de los acusados?

Asombrado hablaba, bajando la cabeza con la escucha de los testigos, secándose la calva con un pañuelo blanco, a pesar del aire acondicionado del salón de audiencia.

No podemos perder la fe. La Biblia, el principal libro del mundo, nos habla de siete virtudes principales, cuatro de ellas son dadas por Dios a los hombres de todas las religiones y son llamadas Virtudes Cardinales. Las otras tres, son dadas únicamente a los cristianos y se llaman Virtudes Teologales; nadie puede llegar a Dios sin ellas. Las cuatro virtudes cardinales son: la fortaleza, la justicia y la templanza o dominio de sí mismo.

La prudencia es una virtud de la mente, consiste en discernir lo bueno y como debemos comportarnos con nuestros semejantes. La fortaleza es la virtud del alma, consiste en el poder con el cual afrontamos los peligros, aguantamos las penas y soportamos las adversidades y la prosperidad. La fortaleza más grande es el poder resistir la burla de los que no instigan para no obedecer a Dios. Esta fortaleza se llama a veces "valor moral". Jesucristo mostró ése valor, cuando fue clavado y golpeado en la cruz, orando por aquellos que lo habían martirizado. Es el don que

Dios nos dio, para que hagamos las cosas que debemos hacer, en el momento que hay que hacerlas. Por eso el camino para conseguir la victoria en este caso se veía difícil, pero tenía esa fe inquebrantable de que resolveríamos el caso.

Esperábamos justicia, que no es más que la virtud de convivir con otras personas. Es el poder reconocer los méritos de los demás y no preferir a nuestros familiares o amigos antes que otras personas. ¿Todo esto se puede lograr? Claro que sí. Uno de los elementos que influyeron en resolver este caso fue la templanza, que es la virtud del cuerpo. Es el poder controlar los deseos del cuerpo, dominar esas emociones, mantenernos firmes sin que el pánico se apodere de nosotros. Con esa fe en Dios que por Él podemos hacer todo y sin Él, nada podemos hacer. En definitiva, hay razones espirituales, para resolver los problemas, los litigios penales. No creo en la casualidad, pienso que la preparación, combinada con la fe, hacen más que mover montañas. Todos son dones que Dios tiene para ti y para mí.

En un receso del tercer día del juicio, comencé a dibujar el león. En nuestros días quedan pocos leones, sólo hay leones en África, y en el sur de Asia, desde Arabia hasta el Katiavar, en la parte occidental de la India; pero en la época cuaternaria los hubo también en gran parte de Europa, y en Grecia, vivieron hasta los tiempos históricos.

Se ha llamado al león el "rey del desierto" también "el monarca de la selva", pero ahora mismo, ni en los desiertos ni en las selvas hay leones. Viven siempre en terrenos "abiertos", poco accidentados y con abundante vegetación, sembrados de bosquecillos o de manchas de matorral, y también se encuentra en las sabanas, llanuras cubiertas de altas hierbas.

En África, todos saben que un león encontrado en pleno día, es poco peligroso, si se tiene serenidad para seguir andando. Como los félidos en general, el león caza al acecho; no emboscándose y esperando a que llegue una víctima, como aguarda el cazador al conejo, sino arrastrándose a favor de los accidentes del terreno, hasta acercarse a la res elegida y cayendo sobre ella en un poderoso salto. Cuando la víctima es como regularmente ocurre más grande en tamaño, tal como ocurre con una cebra un antílope corpulento, procura caer sobre su cuarto delantero, poniéndole una zarpa sobre los hombros y otra en la cara, y doblándole el pescuezo, a la vez que hunde los colmillos en las vértebras cervicales. El feroz mordisco, en la mayor parte de los casos, llega hasta la médula espinal, y la muerte es instantánea.

Cuando los ingleses construyeron el ferrocarril de Uganda, dos leones devoradores de hombres visitaban noche tras noche el campamento de obreros instalado en Tsavo, devorando allí mismo sus víctimas, que en poco tiempo llegaron a cerca de un centenar. Los trabajadores indios y negros se declararon en huelga, una verdadera huelga de pánico, y hubo, que suspender los trabajos hasta que el ingeniero jefe de la obra, el Coronel Patterson, logró acabar con ambas fieras.

Sacar las buenas actitudes del león es lo que puede hacer que seas mejor en lo que haces. El elefante y el rinoceronte no son presas para el león, porque no puede librar esa batalla. Al leer esa acusación tan grave del caso Francia, no les puedo negar que lejos de sentirme como un león, me sentí inferior, una sensación de inseguridad, un nudo en la garganta, miedo. Pero leí la forma en que el león se recuesta en el día, sin atacar, y espera la noche para dar su gran salto. Eso quería: esperar el momento preciso para atacar y dejar a los acusadores sin argumento.

V

Los inocentes y los culpables

John Donne[13] escribió: "Ningún hombre es una isla, ningún hombre está sólo; la alegría de cada hombre, es alegría para mí, la pena de cada hombre es mía. Nos necesitamos unos a otros, así que defenderé a cada hombre como a mi hermano, a cada hombre como a mi amigo". Me preguntaba El Gordo sobre la estrategia para enfrentar esa acusación, y le decía que la mejor coartada es la verdad, explicando que el día en que le ocurrió la historia que narra el Ministerio Público estaba de cumpleaños y compartiendo con su familia, y que tanto sus padres, esposas, hijos

_____

[13] John Donne (1572- 1631) fue el más importante poeta metafísico inglés de las épocas de la reina Isabel I, el rey Jacobo I y su hijo Carlos I.

y amigos estuvieron con él todo el día, hasta tarde en la noche.

Mi coartada era excepcional, porque el Gordo cumplía años la noche anterior de ocurrir el hecho, hicieron una fiesta y había bebido bastante alcohol con su esposa Jessica, sus padres, hijos y amigos. Me dijo textualmente: "yo bebí tanto que no recuerdo nada de lo que pasó después de celebrar mi cumpleaños, de verdad que no sé, me sentí tan feliz con mis hermanos, que tomé bastante". Estaba claro, que el Gordo tenía una excelente coartada y que la misma le resultaría fácil de probar con las personas que estaban con él.

Algo que pude observar desde el inicio del caso, era que mi cliente siempre ayudaba a los demás imputados económicamente con cualquier suma módica de dinero.

—¿Por qué tienes que ayudar así a los demás acusados? —le pregunté.

—Es que dándole y ayudándole a ellos me estoy ayudando yo, y Dios me ve a mí —me decía —. Yo creo mucho en Dios.

La señora Brujan no podía acusar al Gordo, porque según sus declaraciones solamente pudieron ver a Memin y Bacán, de quienes dijo que le arrebataron su bolso. De igual manera su conductor, Cesar, vio cuando su jefa fue encañonada por ellos con un arma de fuego para arrebatarle la cartera. De ninguna manera podían señalar a mi cliente como autor o cómplice de lo ocurrido aquel día.

Uno de los oficiales investigadores del caso era el Capitán Zocoloco, un excelente oficial e investigador, que busca la verdad a como diera lugar, trabajando largas horas. Según la fiscalía, iba a probar con Zocoloco el "contubernio que previamente habían acordado Memin, Bululo, Nariz, Bacán y el Gordo, para cometer atraco a mano armada, y además referirse a todo cuanto sabe del proceso". Pienso que la forma que la policía investigó el caso era solamente con las informaciones de los imputados, y esto pasó con Zocoloco, se dejó llevar de las emociones y el deseo de resolver a toda costa el caso, e incluyó a El Gordo en un expediente aunque estaba consciente que no tuvo ningún tipo de participación.

Los policías tienen la idea de que todo el mundo es culpable, y así mismo son los fiscales. Los jueces no pueden tener esa idea, porque se supone que deben impartir justicia. Ya que la teoría del Ministerio Público no es prueba, tienen la obligación de probar; pero tampoco el juzgador puede acusar, haciendo las veces de policía o fiscal. De no probar la acusación su tesis, se convierte en una fábula.

El cuerpo policial al que pertenecía el Capitán Zocoloco tenía bastantes debilidades. Los problemas de dificultades técnicas; esa falta de credibilidad en lo que respecta, por ejemplo, a los policías de Estados Unidos; el tema moral, ya que se trata de una policía muy desacreditada, una institución con la moral en el suelo. Al momento de la investigación del caso, hubo muchos incidentes complejos: intercambio de disparos, justicia por propia cuenta, y es esa actitud tan desmoralizante, que es notoria en los casos donde son testigos o peritos. Y qué decir de las investigaciones con limitaciones tecnológicas. Un último factor es el conflicto en los roles, por eso el término de que la policía debe ser una madre y no una comadre, es una manera de decir, como se proclama cada día más, que debe predominar la prevención y no el castigo a posteriori.

Hubo un momento estelar durante el juicio con relación a la señora Brujan, en que la barra de la defensa notó que había sido preparada por la fiscalía para que dijera el orden y la ropa en que estaban vestidos todos los acusados y los señalara según su participación. Pero para sorpresa de la señora y de los acusadores, todos los acusados fueron cambiados de posición de manera estratégica y la señora no sabía a quién señalar. No hubo forma de hacer un señalamiento directo, solamente estaban preparados para el modo y forma en que la fiscalía dijo antes del juicio, quizás bien ensayado, pero la verdad siempre sale a relucir. La defensa actuó como un tigre, esperando el momento preciso para cambiar de estrategia.

El arte del juez está en manejar las preguntas, de manera que haga saltar las junturas del falso relato preparado de antemano, y a través de las hendiduras puedan apreciar las lagunas de irrealidad, como en este caso. Hay puntos que no había pensado la señora Brujan, y no contaban con lo que ocurrió. El tribunal no tuvo opción que escuchar ese testimonio a viva voz. Diferente a lo ocurrido en la audiencia preliminar, en que las partes proponen sus pruebas pero no se explayan en un interrogatorio que pase por controvertido, como es en este caso.

Es que siempre se ha establecido, sea por las leyes, doctrinas o práctica, formas para desacreditar ciertas categorías de testigos que no ofrecen suficientes garantías de credibilidad o más específicamente de sinceridad. La mayoría de testigos que pasaron por este caso eran, obviamente parte interesada. Claro que estaban bajo un juramento y en caso de mentir en el tribunal, podían ser sometidos por perjurio e ir a la cárcel. La idea de cambiar a los implicados en el caso de lugar fue la forma más natural de demostrar que la señora Brujan no vio realmente a ninguno de ellos.

El Libro de la Ley de Manú, es el más antiguo documento que se conoce respecto al testimonio. Era el Código de las leyes hindúes que todavía se utiliza en la India. Lo interesante de este libro es que no admite como testigos ni a los amigos, criados, condenados, locos o gente con mala reputación, ni los que están dominados por el interés pecuniario, o excedidos de fatiga o apasionados por amor. Los testigos a cargo regularmente, cuando son parientes, o víctimas y testigos al mismo tiempo, tienden a exagerar la narrativa de lo ocurrido. Así pasa con el testimonio de los acusados que, para salvarse de la acusación, utilizan cualquier subterfugio.

El testigo es un instrumento de prueba. Debe ser vivo, inteligente y autónomo. Es infinitamente superior a los demás instrumentos probatorios. No se tiene el recurso de ponerlo a prueba antes de utilizarlo; hay que tomarlo tal como es y con lo que pueda dar en ese momento. Del desfile de testigos, el que entiendo fue más contundente y creíble fue el de Francia Ugarte. Los demás interrogatorios, inclusive el de la señora Brujan, no fueron capaces de conseguir una condena para El Gordo.

Lo importante es comprobar, examinar las explicaciones de esos testigos con bastante detenimiento, observando sus gestos, su lenguaje corporal. Jamás en la barra de la defensa estuvimos distraídos. Destruir las exposiciones de los testigos era nuestro trabajo, encontrar los resortes que tienen que ver con su personalidad y aspectos morales, intelectuales, afectivos y psíquicos. Fue notoria la preparación que les dio la fiscalía, quienes fueron asesorados por los mejores expertos en la materia. Los peritos que trabajaron en este caso estaban bien preparados. Lo más débil en el plano de los testigos fue la señora Brujan, que no estaba lista para un contrainterrogatorio y no esperaba la ofensiva de la defensa.

Había un ciudadano de nacionalidad haitiana, solamente conocido como Louis, que aparecía como prueba testimonial en la acusación, pero nadie lo vio, ni en el proceso de investigación, y mucho menos en el juicio. Según la policía, Louis vio el supuesto carro donde estaban todos los acusados, le pasó por el lado con una "velocidad reducida", y pudo ver a Memin y a Bacán cuando huían de la multitud.

También observó cómo ambos se llevaron el bulto de la señora Brujan. Si era cierto que existía ese testigo, tendría mucho que aportar, pero me parece que al igual que el supuesto "guardia", este Louis era un fantasma creado por la policía y la fiscalía.

El trabajo del abogado resulta ser en ocasiones difícil y complejo, hasta el punto que para Jon M. Huntsman[14], el abogado es educado para representar el mejor interés de sus clientes, inclusive, si esa orden significa "causar daño innecesario a la otra parte". El Gordo me preguntaba por alguna cosa del proceso y, si no podía contestarle en el momento, investigaba y al otro día tenía la respuesta. Si esto es "hacer daño innecesario", pues diría que se trata de lo colateral.

Murray Swartz, abogado de Nueva York, bastante famoso, afirma que

---

[14] Jon Meade Huntsman, Jr. (1960), empresario, diplomático y político estadounidense perteneciente al Partido Republicano. Fue gobernador del Estado de Utah.

cuando un abogado defiende su cliente "no es ni legalmente, ni profesionalmente, como tampoco moralmente responsable, por los medios usados ni por los fines alcanzados".

Los principios y valores van de la mano. Se critica la profesión de abogado, pero los principios deben primar en todas las profesiones. Tanto los principios como los valores están ligados entre sí, se trata de un doble sentido. También se habla de una colisión de valores y de una ponderación de valores. Solamente se piensa en los valores cuando el abogado defiende, pero también cuando el fiscal y los acusadores están investigando y en el litigio, nadie habla de valores.

Uno de los elementos que esgrimía la fiscalía era el testimonio de Bacán, que decía supuestamente que todos los acusados participaron en los hechos, tal y como decía la fiscalía. Fue utilizado también un video del programa del Diputado, a quien, cuando me tocó la hora de interrogarlo, pregunté si la entrevista fue en presencia de abogados. Dijo que no. Estaba el Jefe de la Policía, y el acusado fue esposado, todo esto revela demasiado nivel de presión. Pero también le pregunté si e había dado agua a su entrevistado. También respondió que no. En ese momento, era la hora de lucir una buena defensa.

No teníamos miedo de las declaraciones de Francia, porque de ninguna manera vinculaban al Gordo con los hechos. Fue muy clara en la participación de Bacán y Memin y negó haber visto a mi cliente por los alrededores donde ocurrió su terrible tragedia. Hubo momentos muy difíciles, mientras narraba los hechos, donde Francia lloró, en varias ocasiones recordando absolutamente todo con lujo de detalles. Hubo que darle agua, mientras contaba entre sollozos lo ocurrido.

Alexis, el Teniente de la policía y analista forense, fue uno de los que más me puso a pensar, por el video donde supuestamente estaban todos en el carro y al final no se pudo ver a nadie más que Memin y Bacán, conforme a las declaraciones de la propia Francia. Este testigo tampoco era de temer, pues su informe no se correspondía por la verdad y la pericia. De nada sirvió el interés marcado de la policía de vincular al Gordo en el expediente, y se puso en evidencia cuando lo mencionaron sin que ni siquiera se viera en el video.

Otro de los oficiales que estuvo desfilando en la acusación fue el Teniente Botis, al cual yo conocía en los departamentos investigativos de la policía. Fue convocado al juicio para probar que el vehículo que fue abandonado, supuestamente, por todos los acusados incluyendo a mi cliente. Cuando se le interrogó sobre el asunto dijo que no vio a ninguno, por lo que era un testigo que en ningún momento se le podía dar valor probatorio.

Es un asunto de conciencia que las declaraciones de testigos, la situación parcial de la policía y de "quitar del medio" a ciertos delincuentes, nos ponga a pensar en las condiciones morales y éticas de esos testimonios. Sin querer dudar de la capacidad y seriedad, de cada uno de los oficiales investigadores y la fiscalía, ¿qué nos asegura que un testigo serio y honesto en su pasado, y honrado en su reputación, no se equivocara en justicia?

Hay que tomar en consideración la pasión que pone un investigador en su caso, y es de esperar que lleve esta situación al tribunal, al momento de su ponencia, sin pensar en el drama y todo lo que lo acompaña. La virtud es un hábito, y del hábito no se deduce el acto rigurosamente.

El contexto de la sociología criminal, debe ser siempre parte de la investigación seria. Enfoques criminales, sociológicos y psicológicos, aunque lo típico es que se ponga más atención al que infringe la ley que a la propia criminalidad. La teoría de Durkheim[15], su estructura funcional, la concepción del crimen como enfermedad, o como fenómeno social patológico, se ha ido sustituyendo, cada vez más, por la consideración de la "normalidad del crimen". Es peligroso cuando llegamos a esa situación, y por eso casos como este, siempre serán objeto de estudio por el contexto social en que se desarrollan.

En la investigación primitiva de la criminalidad, predominaba el concepto positivista formal del crimen, que dependía del ordenamiento jurídico respectivo. Por el contrario, la criminología moderna se inspira mayormente en un concepto material del crimen. Por esa situación se pudieron obtener la mayor cantidad de pruebas posibles, para llevar a cabo una investigación que quiso involucrar a

---

[15] Émile Durkheim (1858 –1917) fue un sociólogo y filósofo francés. Estableció formalmente la sociología como disciplina académica y, junto con Karl Marx y Max Weber, es considerado uno de los padres fundadores de dicha ciencia.

inocentes como mi cliente quien, si no actuamos rápido, también hubiera sido condenado.

Es que la concepción sociológica del crimen presenta, en el ámbito de la investigación primitiva, factores desfasados que jamás harían un caso con fundamento, ya que no permite conclusiones universales y posibilita la inclusión de la conducta antisocial. Por ejemplo, Bacán fue torturado por la policía, al ser obligado a dar una entrevista al Diputado y confesar en contra de su voluntad. Lo peor de todo es que esa entrevista fue valorada como prueba en el tribunal.

Debe existir una correspondencia entre criminalidad y la estructura de la sociedad, por eso estábamos todos expectantes con relación al caso. Toda una sociedad estaba a la espera de un fallo final, solidarizándose con Francia, creando más populismo, desconsiderando el sistema político y económico del país que ocurrieron los hechos y la política criminal del Estado.

Al considerar a cada uno de los procesados la sociología, más que ninguna otra ciencia, puede establecer los factores más especiales e individuales del mundo circundante, que influyen en la formación de la personalidad criminal, alegando que particularmente, son preponderantes los factores que provienen de la niñez del individuo.

Además de los testigos interesados, desfilan sin saberlo el delincuente profesional, ladrón, estafador, para quien la mentira es un remedio habitual de agresión y de defensa. El testigo concienzudo y sincero, no es así siempre. La moralidad no se aprecia plenamente, separándola de otros elementos de la personalidad. La moralidad depende, en la mayoría de los casos, de la educación que recibió la persona, sin importar, si es un ciudadano común, o funcionario público.

El capitán Sabino de la Policía hizo un levantamiento de las huellas dactilares, en el cual se demostró que el vehículo que transitaba Francia tenía las huellas de Memin en la puerta delantera del lado derecho, de cuando procedió a desmontarla y realizarle el disparo. El fiscal que hizo el allanamiento donde se encontraron las prendas de vestir que aparece usando Memin en el video, fue el Magistrado Félix.

Me puse a dibujar un tigre, el último día del juicio. El tigre constituye por sí sólo una especie de la familia de los félidos, cuyo carácter más notable consiste en tener el pelaje rayado transversalmente de negro, sobre un fondo amarillo leonado y la cola terminada en punta, sin mechón ni uña terminal. El tamaño varía dependiendo el país. Actualmente sólo hay tigres en Asia, pero lejos de ser exclusivos de las selvas de la India, habitan gran parte de aquel continente, dese Irán hasta Siberia y Manchuria, así como las islas de Java y Sumatra. Lo mismo que ocurre con el león, el tigre es muy corpulento, en especial si es fuera de Ecuador.

Los tigres de Malasia, apenas alcanzan 80 centímetros de alzada, en las márgenes del Amur, se encuentra una raza gigante que mide más de 90 cm hasta la cruz, y se distingue, además por su robustez y su pelaje espeso y apretado, tal como corresponde al durísimo clima siberiano. Tanto la India como Indonesia son las regiones donde más abunda el tigre, no sólo porque tiene un refugio casi impenetrable en sus espesas selvas y extensos juncales, sino porque ciertas sectas religiosas lo consideran como sagrado y no permiten que se le cace, a menos que se trate de un peligroso devorador de hombres. Tener un animal de esa magnitud en cualquier parte andando como perro por su casa, es sumamente peligroso.

El tigre caza siempre solo, no se hace acompañar de ninguno de sus pares. Tampoco salta sobre su presa, sino que más bien la carga, y no se levanta del terreno.

Da un zarpazo de improviso en los hombros de la víctima y agarrándola por la garganta con los colmillos, hace girar con brusquedad el cuello para dislocarlo. El ataque es siempre rapidísimo y silencioso, y puede tener lugar lo mismo de noche que de día, pero es más común en la nocturnidad. El tigre siempre comienza a comer un animal por el cuarto trasero, y vuelve a su presa cada noche consecutiva, hasta acabar con ella.

Un famoso cazador de tigres, el inglés Saterson, cita a un tigre que fue el terror de la India durante veinte años consecutivos, lo que supuso una pérdida de más de diez mil cabezas de ganado. Durante este tiempo solo mató un hombre, y aunque este fue un accidente de caza, es raro que un tigre sin ser acosado ni haber sido herido, ataque a una persona, a menos que sea uno de los temidos "devoradores de hombres". En ciertos distritos de la India, los "devoradores de hombres", ocasionan numerosas desgracias; en la provincia de Bengala, hay años que pasan a 700 las víctimas de estas fieras.

Esta forma impresionante del tigre, la manera de no tener precisa la hora de la caza, es lo que me llamó poderosamente la atención. No debemos ser tan descifrables ni predecibles, nuestros movimientos deben ser sorpresivos.

Este animal de ninguna manera hace ruido, y así entré al salón de audiencias con este caso: pasando desapercibido, sin que nadie se diera cuenta que estaba pendiente a todo, esperando el momento indicado, no para saltar como el león, sino para levantar mi presa como el tigre. Para destrozar, día por día esa acusación, hasta ver que se destruía por completo. Era un caso que tenía los focos de todos los medios de comunicación, pero sin fe era imposible hacerlo.

Esa fe "como un grano de mostaza", así dice la Biblia, pero también la define como: "la certeza de lo que se espera y la convicción de lo que no se ve". Para que sea fe, no se puede ver. Es totalmente intangible.

Los Estados tienen la obligación de garantizar una justicia sana, rápida que tome en cuenta el debido proceso y la tutela judicial efectiva. Proteger derechos fundamentales, que están garantizados en la Constitución y las leyes de cada nación. Una justicia que tenga como principio la accesibilidad, implica que no tenga obstáculos, impedimentos y mucho menos ritualismos. Esto es lo que anhelamos, bajo esas condiciones queremos acudir a la justicia.

Otro principio básico de una justicia sana, es la demora, el tiempo que un fiscal toma en la investigación, para luego presentar el caso al juez. Una justicia que responda a tiempo, oportuna, es parte de los valores que tienen que ver con la eficiencia. A los procesos debe dársele respuesta oportuna. En el momento que escribimos estas notas, todavía ha sido imposible que El Gordo recupere su arma de fuego, que portaba de manera legal. Habiendo ordenado el tribunal el descargo de mi cliente y la devolución de su arma, sigue condenado, al no poder utilizar su arma que, como comerciante al fin la necesita para el desarrollo de su trabajo.

No se utilizaron las herramientas de la criminología, se debe conocer el crimen y los criminales y las conductas sociales de ellos, cosa que no ocurrió así en el caso de mi cliente. Cuando pienso en las palabras de Baltasar Gracián[16], cuando dice: "Saber usar evasivas es el recurso de los prudentes". Analizo que es facultad del abogado usar evasivas en su momento para resolver su caso.

Antes de iniciar el juicio, uno de los abogados de Francia se me acercó. Ya El Gordo me había dicho del interés de que

---

[16] Baltasar Gracián y Morales (1601- 1658) fue un jesuita y escritor español del Siglo de Oro que cultivó la prosa didáctica y filosófica.

nos sentáramos para llegar a un acuerdo y que se declarara culpable. Los abogados de la joven eran dos colegas muy preparados, con un discurso y poder de convencimiento muy notables. Querían llegar a un acuerdo de culpabilidad de diez años. Me resultaba ridículo, porque mi cliente no tenía absolutamente nada que ver con la acusación que señalaba de manera directa a Memin y Bacán. Sabiendo que ellos tenían una sola prueba directa, jamás pondría a un cliente en la remota posibilidad de un acuerdo.

Las palabras de uno de los abogados fueron las siguientes:

—Tomen el acuerdo de diez años, porque de no hacerlo, el tribunal lo condenará a veinte.

—Pues no —le dije —. Prefiero que sea el tribunal quien condene a un inocente y no hacer un acuerdo, haciendo que una persona que no tuvo nada que ver con esa acusación, asuma una responsabilidad y lo pague con cárcel.

Ese desafío del abogado es muy común en los pasillos de los tribunales, donde socializamos antes o después de una audiencia. El abogado más joven, mientras fumaba un cigarrillo, estaba esperando, convencido de que su colega haría que yo formalizara el acuerdo y que luego convencería al Gordo y a su familia que no quedaba más remedio de formalizar un acuerdo y que, en caso contrario, la condena sería peor.

Ese momento marcó un antes y después. El Gordo me preguntó varias veces si estaba seguro, y yo le contestaba que sí, que estaba seguro de que ganaríamos el caso y no sería condenado. Pasados ya todos estos años, hablando con El Gordo, me hizo una confesión:

—Si en ese momento me decías que había la mínima posibilidad de una condena, habría cogido un vuelo y no volvería al país.

Cuando nos conocemos, también sabemos cuál es nuestra mejor cualidad, hay que cultivar la cualidad más relevante, decía Baltasar Gracián, y con ello "ayudar a los demás".

Siempre he dicho que hay personas con mentalidad de langosta. Nunca conquistan nada. Si llueve, le molesta; si sale el sol, también. Así también nos pasa en este oficio: si los saludas de mala gana se enojan, si los saludas amablemente se fastidian. El tema es quejarse, encontrar un motivo. Dentro de lo positivo, no hay espacio para la queja, y pienso que esto fue clave para ganar. El quejoso tiene problemas con los demás y nunca está conforme. Esto sucedía mucho con mis otros colegas, por eso mis clientes notan la diferencia. Me dicen "siempre estás contento y positivo". La queja produce insatisfacción, descontento, resentimiento, disgusto; refleja una emoción encapsulada que termina enfermando no solo tus pensamientos, sino también tu cuerpo.

Conocerte es tan importante que determina la respuesta y resultados. Saber si eres frío, caliente, colérico, melancólico, flemático, introvertido, extrovertido. Cuando te conoces y sabes determinar tu mejor cualidad, el triunfo es seguro. Es probable que sea inteligencia, valor. La pasión tiene su momento. Si los abogados de la parte contraria me hacían esa oferta, es porque ya Esteban y Rosa habían comentado que tenían muy poca cosa para mi cliente en el caso. Pienso que los cuatro analizaron el asunto. Los fiscales no iban a decirme directamente que no tenían caso o que estaba flojo, era más fácil con la sutileza de un abogado privado, convencidos de que con la trayectoria del abogado de Francia, de seguro me convencerían. Algo me decía que los colegas de la barra acusadora siempre supieron que no aceptaríamos el acuerdo, así que no fue sorpresa. A pelear, ¡sí!

Se ha perdido el concepto de funcionario público. La función pública o empleo público, es la vinculación de una persona o de un grupo de personas a una institución gubernativa o administrativa. La persona vinculada a una función pública, o a un empleo público, se denomina Funcionario Público, o Empleado Público. En países como España, se limita el título de Funcionario Público, a los que no desempeñan el cargo de Presidente del país, Senadores, Diputados, o Ministros del Gobierno, a los cuales se les llama representantes políticos. Entre nosotros, a todos los representantes del Estado, como en el caso que nos ocupa, esencialmente del Ministerio Público, le decimos Funcionario Público, y vamos más allá cuando utilizamos "Funcionarios Encargados de Hacer Cumplir la Ley". Pero cuando las instituciones de los países son débiles, lo que ocurre es que se corrompe todo y la justicia no fluye.

Hay una diferencia entre funcionarios públicos y empleados públicos, y la discusión proviene del derecho administrativo. Son funcionarios públicos aquellos servidores "cuyos deberes y atribuciones están fijados por la ley o los reglamentos", pasa lo contrario con los empleados públicos, ya que sus tareas no están determinadas por leyes ni reglamentos, de modo que son de carácter auxiliar de los funcionarios públicos.

Lo que más aseguraba que podríamos concretar un acuerdo es que se trataba de un caso de prensa, y que a todas luces, los focos estaban apuntando a los acusados.

La prensa es el principal medio de ejercicio de uno de los poderes del Estado. Se le denomina el "cuarto poder". En todos los países democráticos existe la libertad de expresión. Un ejercicio que no estaba vedado. Luego de varios años le dije a la periodista Paola, quien cubría el área de justicia de un famoso canal de televisión, que me hubiera gustado expresar lo que sentía ante las cámaras, pero siempre estaba aislado, por mi condición de ser Oficial de la Policía. Pero deseos no me faltaron.

Dice Fernando Hernández Díaz, que el rol de la prensa debe considerarse legítimamente involucrado en todo asunto de "interés social". Este era un caso de "interés social", por ello se suponía que lo más lógico era aceptar un acuerdo de culpabilidad, aunque la persona fuera inocente.

Lo que caracteriza la democracia es una prensa libre, que pueda expresar los hechos tal y como son, y que la sociedad se entere de lo que ocurre a través de las noticias de mayor interés. Los factores externos e internos que caracterizan la prensa libre, se expresan en que nunca existen obstáculos ni censuras para que al final prevalezca la verdad, sin ninguna manipulación de la información. El populismo ha caracterizado la mayoría de los casos y fue lo que hizo que el Diputado tergiversara la situación de Bacán en su entrevista. Hubo naturalmente una sola parte, la que acusa, sin ningún tipo de derecho a replicar lo acontecido, y luego el tribunal aceptó al Diputado periodista como medio de prueba. Al final, Bacán no sólo fue condenado a veinte años por "andar" con Memin, sino que murió en la cárcel cuando apenas cumplía cinco años de su condena, pues siempre estuvo enfermo. Al final era cierto, padecía de tuberculosis.

Esta libertad de expresión ha trascendido a las redes sociales, de manera que las entrevistas han sido modificadas en cada plataforma de manera particular, difundiendo una información distinta, y en segundos, pasa a nivel mundial. Ese rol protagónico que ha tenido la prensa en casos de interés social, ha producido la judicialización de procesos que sin la intervención de este cuarto poder del Estado, jamás se habrían procesado.

Cuando la justicia y los medios de comunicación son parciales y dejan de ser instrumentos de derecho, para ser instrumentos de negocio, la situación es desastrosa para esa nación. Cuando factores externos intervienen en la información, está claro que es notoria la presencia de esos sectores, especialmente oficialistas. Con la justicia en contubernio con los sectores del gobierno o grupos interesados, la víctima pasa a victimario y viceversa, de esta manera serán escasos los procesos que se instruyan tomando en cuenta el debido proceso o tutela judicial efectiva.

El ciudadano común, que es sometido por violación a la ley, nota que la misma se le aplica con todo rigor y sin embargo, cuando la infracción es cometida por funcionarios públicos, la impunidad prima y se pasea en frente de todos los ciudadanos, lo que crea una promoción de vocación colectiva de crímenes y delitos.

Los más afectados son los pobres, de ahí que el Dr. Fernando Hernández Díaz afirma: "quienes más sufren esas reglas de juego, son los presos preventivos". Esta afirmación confirma la tesis de que el Ministerio Público y el Poder Judicial proceden con los casos de manera selectiva. En ocasiones el Estado gasta más dinero procesando a una persona cuando realmente las pruebas no son suficientes para conseguir una condena. Esta situación ocurre en la mayoría de los países, en especial los que pertenecen al "tercer mundo". El negocio judicial comienza desde la policía. Hay razones económicas o políticas, tráfico de influencia y todos los sectores, no solamente la policía sino fiscales y jueces que forman esa camada.

Había que conocer toda esta situación para no hacer un acuerdo con la parte contraria, no por nada personal, simplemente que mi trabajo es dar lo mejor para mi cliente, y lo más satisfactorio para mi cliente en ese momento, era un descargo de la acusación falsa que habían hecho en su contra.

Este proceso se mantuvo por cinco años. Como la mayoría de casos conocidos por la misma justicia, es decir todo el aparato (policías, jueces y fiscales) tenían en sus escritorios un ochenta por ciento de los casos en prisión, sin tener condena firme. Son culpables, sin tener una sentencia en su contra. Esto implica que a tan sólo un veinte por ciento, se les ha conocido su proceso y llegado al final fueron condenados.

Mi compadre Eduard comenzó a dibujar un yaguar, y procedí a investigar, ya que en América suele darse el nombre de tigre al yaguar, y a las personas despiertas o con cierto grado de inteligencia emocional, también se les llama así. En África se llama así también al leopardo; pero estos dos carnívoros pertenecen a un género diferente del tigre, el género pantera. En el pelaje está cubierto de manchas en roseta, formada por grupos circulares o poligonales de pequeñas manchitas negras.

De todos los géneros de grandes félidos, este es el único que tiene una especie en América. Hay otra en el viejo mundo. Se le considera el animal más feroz de toda la selva ecuatorial, dada la ausencia de los leones.

Es menos vigoroso que el tigre o el león, pero es más ágil y tiene una ventaja sobre estos, de trepar los árboles con más destreza.

El nombre "yaguar" y no jaguar, como se le dice de manera errónea, se viene escribiendo como imitación a la ortografía francesa. Está tomado del idioma guaraní. En Brasil suele llamarse el animal "onza pintada"; en México se le denomina algunas veces "onza real".

Es la pantera, leopardo o el jaguar, que tiene características que debemos hacer nuestras: el deseo de ir más alto, para guardar, para cazar, y esto hace la diferencia de los otros gatos. La pantera va más alto, pero además del aire y tierra, su desplazamiento en el agua también es impresionante. El abogado debe saber manejar en aire, tierra y mar, los procesos criminales que está observando, y manejarlos en todos los niveles, para obtener la victoria.

"Hace falta lo agradable y lo real; pero hace falta que lo agradable esté preñado de verdad", dijo Blaise Pascal.[17]

La Teniente Lucy de la Policía, y quien es probable sea capitán o mayor hoy en día, era una oficial académica y muy atractiva. Estaba encargada de rendir un informe de balística con las comparaciones que se realizaron, habiendo recuperado los casquillos en la misma escena del crimen, los cuales coincidían con la pistola ocupada a Bululo. La fluidez de esta perito no se destaca solamente en lo descrito en su informe balístico, sino que no necesitaba del papel para recordar cada punto de la trayectoria de ese proyectil, las estrías y las características del arma que ocupó la atención de esa investigación. Una excelente oficial que realizó un informe serio y científico, tomando en cuenta que incluso en los países más

---

[17] Blaise Pascal (1623-1662) fue un polímata, matemático, físico, filósofo cristiano y escritor francés. Después de una experiencia religiosa profunda en 1654, Pascal abandonó la matemática y la física para dedicarse a la filosofía y a la teología.

desarrollados se contaminan las escenas y no hay una custodia imparcial y profesional de lo que se encontró en el lugar de los hechos.

Mientras los criminólogos investigaban las causas del crimen, otros sabios buscaban por los medios científicos combatirlo por el descubrimiento de los criminales y su rápida encarcelación. La Policía Científica y el Instituto de Ciencias Forenses forman parte de las ciencias criminales y criminalística. Los resultados de los análisis forenses han tomado mucho auge y significación, todos los casos graves son resueltos a través de estas instituciones y por eso se pudo resolver este, tomando en cuenta la cercanía de esta materia para la medicina legal.

El fundador de la política científica fue Alphonse Bertillon (1853-1914). Los primeros centros o institutos de criminología surgieron en las universidades.

En la ciudad de Chicago se fundó el primero en el año 1909; en 1912, fue fundado el segundo en la ciudad de Graz; en París, en 1922 y en 1923 en Viena y Colonia. Después de la Segunda Guerra Mundial se crearon institutos similares en otros países.

Todos los puntos característicos de los casquillos encontrados en la escena, coinciden con la pistola que portaba de manera ilegal Bululo y le ocasionó la lesión permanente a Francia. En el carro de la víctima estaban las evidencias para componer el proceso: ropas, vehículos, prendas y todo lo que fuera necesario para la investigación. El arma ocupada no tenía ningún tipo de registro, la procedencia de la misma era desconocida para todos, se trataba de una pistola marca Tanfolio calibre 9mm.

Hansel era un testigo propuesto por la fiscalía y fue la persona que entregó de manera voluntaria la pistola marca Carandai calibre 9mm propiedad del Gordo, la cual estaba empeñada por Jeury, quien confirmó nuestra versión de que la pistola pertenecía a mi cliente, la cual portaba de manera legal. Nunca entendí la razón de retener esa arma, que hasta el momento sigue en posesión del Estado, si no tenía nada que ver con el proceso. Esas son las debilidades que tiene el sistema y que crean descontento, como una manera de patrocinar la corrupción, ya que por lo regular habrá que hablar con "alguien" para la devolución de un arma que tiene sus documentos al día. Hicimos todas las diligencias, e incluso, mientras el caso estuvo abierto se pagaron los impuestos de ley correspondientes y ni así pudieron entregarle su pistola al Gordo.

El sargento Eddy fue la persona a quien Hansel entregó la pistola del Gordo, y estaba propuesto como testigo de la acusación. Esto se hizo mediante un acta de entrega voluntaria. De todos estos elementos mencionados, ninguno era vinculante con mi cliente. Ni las pruebas materiales y menos las testimoniales son vinculantes, solamente apuntaban a Memin y a Bacán, que fueron vistos por Francia, la señora Brujan y su chofer.

Indudablemente, las autoridades no entienden que el derecho emana directamente de nuestra naturaleza racional y consciente, o en otros términos, de nuestra realidad consciente. Tenemos que tener conciencia de que las cosas que les pasan a los demás, nos pueden pasar a nosotros. Es la propia naturaleza humana que objeta nuestra razón, y el poder, al parecer, obnubila las mentes.

Por el hecho de estar dotados de ciertas funciones y conocimientos intelectuales, debemos saber que hay derechos y deberes. Cada uno de nosotros tiene la obligación de respetar, de cumplir y hacer cumplir la ley. Como decía Eugenio María de Hostos[18]: "el derecho de otro es deber

---

[18] Eugenio María de Hostos (1839- 1903) fue un intelectual, educador, filósofo, sociólogo y escritor puertorriqueño. Llamado el *Ciudadano de América* por haber entregado su existencia a la lucha por la independencia de su patria, la unidad de las Antillas y de América Latina.

nuestro y el derecho nuestro es deber de otro".

VI

Buenos y malos procederes

El Diputado que le hizo un interrogatorio a Bacán en su programa, sin abogado, esposado y con el jefe de la Policía en frente, fue propuesto como testigo, y en la entrevista a la que hicimos referencia se solicitó su acreditación por parte de los acusadores.

Estuve en la Policía durante 21 años y en ese tiempo vi de todo. En Puerto Rico, cuando estudié Criminología, el único extranjero era yo, y me di cuenta cómo trabajan los casos el FBI y la CIA. La forma de cuidar la escena del crimen me hizo ver la famosa frase de Prince de Ligne, "la policía debe ser una madre, y no una comadre". P Profesiones que me apasionan, la policía, el derecho, los casos criminales y la criminalística de campo. Si vuelvo a nacer y me lo preguntan de nuevo diría, "policía y abogado".

Hasta yo, si me ponen un policía delante, sin agua, sin comer, esposado y con la presión social que tenía el caso, digo lo que él dijo, y no dejo fuera absolutamente a nadie. En esas condiciones, se menciona hasta el gato.

En la entrevista, Bacán se autoincriminó estando prohibido por la Constitución y por la Declaración Universal de los Derechos Humanos. Creo que reflexionando sobre todo esto, desde la cárcel, Bacán se deprimió. Además de que en la entrevista no dijo nada diferente a lo que ya todos sabemos, aparte de las complicaciones de salud por la tuberculosis que tenía, por lo que se produjo su muerte. No sabemos cuántas personas se infectaron por Bacán, y posiblemente era culpable, pero estaba junto con otros internos, muchos de ellos inocentes, siendo todos condenados a muerte por la tuberculosis.

Ese sistema penitenciario es foráneo, ya que la estructura jurídico política, que le sirve de soporte básico, es importada, y en ninguna parte se ha preocupado por conocer la realidad socio-económica y cultural, donde ha sido impuesta por quienes dirigen la sociedad dominicana. No es un sistema resocializador de las personas que están privados de libertad, sino que por el contrario, no solo es un atraso para los internos, sino que si "salen vivos", son más delincuentes que cuando ingresaron a la cárcel.

A cualquiera se le puede perdonar la comisión de un delito. En el caso de Bacán, no era la primera vez, pero realmente, una condena de veinte años era para que muriera en la cárcel, por lo avanzada que iba su enfermedad. Errar es de humanos, y nunca tuvo intención de hacerle daño a Francia, por eso fue descargado en el primer juicio, pero en el segundo, le cobraron todas sus faltas.

Toda la experiencia vivida por este joven, las veces que estuvo en prisión, deben servir de ejemplo a los jóvenes, para estudiar y trabajar. Para todo el que trabaja, la pobreza no existe. Hay errores cuyas secuelas solo afectan a los encargados de hacer cumplir la ley. Y otras veces, hay errores cuyas consecuencias las pagan otras personas, y pienso que fue el caso de Bacán, que por estar justo al lado de Memin en el momento que fue herida Francia, fue suficiente para recibir una condena como si fuera el autor de la herida.

Se trata de una estructura donde funcionan verdaderos almacenes de muertos vivos, como el Penal de la Victoria donde estaba Bacán, enviado al 15 de Azua y también a La Victoria, que de los dos es difícil saber cuál es peor. La famosa cárcel de Alcatraz no le da ni por los pies a estos supuestos "Centros Penitenciarios". Son lugares de hacinamiento y degradación moral, no se respeta la dignidad humana, no se lleva a cabo una elemental segregación en atención a las variables de edad, profesión u oficio y tipo de infracción cometida.

Se trata de celdas inmundas donde hay profesionales de la delincuencia. Dentro de esas cárceles se obtienen maestrías y doctorados en crimen y delito. Juntar al reincidente con el infractor primario, tiene un impacto muy peligroso para cualquier sociedad.

Se trata de personas sin ningún tipo de futuro y aunque, si no son condenados con sentencia firme, están capacitados para votar, ningún gobierno se interesa por resolver el drama de los presos preventivos. No solo en la República Dominicana, sino en todo el mundo. Hasta en los países del primer mundo, existe esa debilidad.

Héctor Cabral[19], estudiando el derecho penitenciario, argumenta: "Del derecho

---

[19] Héctor Cabral Ortega (1928-2008) fue un destacado jurista e intelectual dominicano.

penitenciario se pueden argumentar muchas cosas. Para nosotros, [entre] los aspectos más fundamentales para el enfoque de esta rama, está la de ser parte de un derecho represivo y de reflejar la posición jurídica de las clases que por disponer de los medios de producción, disfruta del poder político o poder de dominación".

El tema penitenciario siempre ha estado manejado por grupos de burgueses o por las clases más altas de la sociedad, para explotar el sistema con mecanismos de compra de insumos y comida, tomando esto como un negocio y no con el interés de que haya en estas personas una reinserción en la sociedad. Así que, analizando el tema de los presos y la ventaja de los operadores del sistema, definitivamente lo ven como un negocio redondo.

"Creo, que a pesar de las enormes dificultades que existen, una firme determinación, inquebrantable, sin vuelta atrás, como ciudadanos para definir la auténtica verdad de nuestras vidas y nuestras sociedades, es una necesidad crucial que nos afecta a todos. Es, de hecho, una obligación. Si una determinación como esta no forma parte de nuestra visión política, no tenemos esperanza de restituir lo que casi se nos ha perdido; la dignidad como personas", fue lo que leí de Harold Pinter[20].

Nariz tenía un negocio de alquiler de vehículos, y fue involucrado en el caso sin tener ningún tipo de participación. Según la acusación, él andaba conjuntamente con el Gordo y los demás en el automóvil en que se movían, antes de lo ocurrido a Francia. Montaño, el abogado de Nariz, siempre estaba al margen de lo que ocurría con la defensa del Gordo, incluso motivándolo a hacer un acuerdo. Aunque estábamos en la misma barra de la defensa, sentía su poca integración en el tema de promover una defensa en conjunto, tal y

---

[20] Harold Pinter (1930- 2008), fue un dramaturgo, guionista, poeta, actor, director y activista político inglés, ganador del Premio Nobel de Literatura en 2005.

como había acordado con Okensy, el abogado de Bacán, ya que tanto Montaño, Okensy y yo éramos abogados privados, porque Memin y Bululo estaban representados por defensores públicos. Sentía que Montaño y Nariz querían conseguir la libertad para ellos, y no está mal, pero a la vez, notaba que tenían un interés en hacer ver a mi cliente como culpable y que lo condenaran.

En una ocasión, oí decir que Montaño le había aconsejado al Gordo que me despidiera como su abogado y que fuera defendido por Okensy, que tenía también a Bacán, lo que implicaba una estrategia que a todas luces tendría como resultado la condena de mi cliente y el descargo de Nariz. El Gordo no aceptó, como es lógico, y por el contrario, no solamente se negó a renunciar a que fuera su abogado, sino que de ahí, establecimos distancia. Luego de varios años, El Gordo me confesó haber pagado a Okensy la defensa de Bacán, quien no tenía dinero y resultó de ahí un acuerdo tras bastidores, para que Okensy continuara en la barra de la defensa.

La estrategia de Montaño no era mala, al contrario, estaba dándolo todo para que su cliente saliera de la cárcel, ganando el caso, con un descargo o absolución. Estaba en El Gordo la decisión de aceptar o no la oferta, que obviamente denotaba un interés marcado.

Cuando Nariz fue apresado tenía 33 años, y su lugar de residencia era muy lejano a la de El Gordo. Ni siquiera se conocían. Cuando a Memin le impusieron una medida cautelar de un año, al Gordo y a Nariz el juez les impuso tres meses de prisión preventiva. Desde el principio, era clara la falta de evidencias para estos dos acusados, que si se tratara de una investigación seria, jamás habrían llegado a un juicio, porque ninguna prueba los señalaba de manera directa con el caso de Francia.

Entiendo a Montaño, buscando todo en favor de la libertad de su cliente. Saramago[21] decía: "con la libertad, puedo determinar si hago o no algo", y para eso es la libertad, para tomar nuestro libre albedrío, y determinar qué hacer. Así los gobernantes hacen con la libertad lo que les da la gana, y los funcionarios encargados de hacer cumplir la ley, también. La libertad es el bien jurídico tan preciado como la vida o la salud.

Pensé siempre en Ángel Ossorio, en el Alma de la Toga, cuando se preguntaba si el abogado puede ser frío del alma, pero el abogado también actúa sobre "las pasiones" y la sensibilidad, si realmente el defensor debe hacer suya la causa, pero "pasión no quita conocimiento" y el letrado no puede ser juez de su propia causa.

---

[21] José de Sousa Saramago (1922 - 2010) fue un escritor, novelista, poeta, periodista y dramaturgo portugués. En 1998 se le otorgó el Premio Nobel de Literatura.

En Argentina, para hacer saltar al Presidente Perón del poder, luego de ganar unas elecciones limpias, la cúpula de la Iglesia Católica se unió con los golpistas y utilizaban las cárceles para torturar y asesinar a todo el que tuviera una milésima de oposición a ellos. Las desapariciones forzadas y el secuestro estaban autorizadas por la Iglesia, hasta tal punto que se decía el liderazgo católico: "cuando hay derramamiento de sangre, hay redención".

Utilizaban a Dios para asesinar, violar y matar, no solamente a las personas contrarias al régimen, sino también a amigos y relacionados para que se viera su poder, en una obra de supuesta "limpieza divina", que solamente la unión de un juez garantista como Baltasar Garzón y un periodista como Vicente Romero, pudieran contar. La iglesia fue tan lejos que llegaron a afirmar: "Dios está redimiendo mediante el ejército argentino a toda la nación Argentina".

Solamente jueces como Garzón hacen posible que criminales como Pinochet en Chile, paguen por sus hechos, y es que en realidad la Justicia al parecer no mira los de arriba, solamente se afana por castigar a la masa pobre, indefensos, sin apellido, a los cuales se les castiga con "todo el peso de la ley".

En el caso de América Latina, el tema de garantías judiciales es asumido por Francia y España, en principio. La Constitución francesa del 3 de septiembre de 1971, establece que ningún ciudadano podría ser sustraído a "los jueces asignados por la ley, para ser sometido a una comisión o a otros organismos con atribuciones distintas a las establecidas en la ley". Asimismo España, en la Constitución de Cádiz de 1812, dispone que "ningún español podrá ser juzgado por causas civiles ni criminales por ninguna comisión, sino por el tribunal competente determinado con anterioridad por la ley".

El Gordo se defendió como "gato boca arriba", al momento del acuerdo con los abogados contrarios y más adelante, contra Montaño. Es que la única forma en que podía demostrar su inocencia era enfrentando el juicio, para defenderse de la mejor manera, tanto técnica como materialmente posible.

El psicólogo forense José Luis Martínez hizo un cuestionario a Francia, y ella le respondió todo cuanto pasó ese día: que era alrededor de la 1 de la tarde cuando ella iba en su carro, y un hombre por la ventanilla la manda a parar, apuntándole con "una pistola". En vez de pararse, Francia decide acelerar y a la misma vez, se inclina hacia el asiento del pasajero, buscando agacharse y protegerse, cuando de repente siente un impacto "en la parte derecha de su cara". Fue tan grande el impacto que la devolvió contra la puerta del lado del conductor. La trayectoria de un tiro es tan amplia que puede traspasar a varias personas y rebotar a cualquier parte.

Según cuenta en el informe, la sacaron rápidamente y la tiraron al pavimento, dejándola a la intemperie. Lo que no se entiende es cómo a esa hora, no había más personas que pudieron ser, eventualmente, testigos presenciales del caso.

Un hombre se le acercó a darle los primeros auxilios, luego fue llevada a la clínica, donde la durmieron para lidiar con el proceso quirúrgico.

Hubo un interrogatorio hecho por la policía y fiscalía a Memin, en presencia de Felicia, que era su abogada en ese momento. Fue una entrevista amañada, violando la ley y la Constitución, logrando las autoridades que confesara varios crímenes en su perjuicio y que involucrara también personas inocentes. La entrevista la realizaron el Fiscal, el Capitán y el Teniente, el cual solo figura en la entrevista, pero su firma aparece en blanco, pues este último por razones que desconocemos, no firmó.

Lo pusieron a acusar directamente a mi cliente diciendo: "fui utilizado por El Gordo, ya que no tenía conocimiento de lo que íbamos a hacer y de haber tenido conocimiento de eso nunca me habría prestado para ese tipo de acción y es mi primera vez que estoy preso". No tiene ningún sentido lo que se había dicho en esta entrevista, ya que estuvo comprobado que nadie se había puesto de acuerdo para que los hechos transcurrieran como dice la acusación. Era en parte creíble y por otro lado no, ya que hubo alegatos que no se pudieron comprobar.

La ocupación que dijo Memin que tenía en ese momento era de carpintero, y alegó que mi cliente y él eran amigos y que supuestamente conocía a Bacán porque El Gordo se lo había presentado "anteriormente". La narrativa que hace Memin, da cuenta de un plan para robarle el dinero a la señora Brujan una vez saliera del Banco, y narra exactamente que él y Bacán llevaron a cabo el robo.

Necesitábamos la valentía del rey David, para ganar el caso. Ese David que mataba leones y osos, fue el que venció a Goliat, cuando todo el pueblo de Israel estaba atemorizado. Fue con una onda que ganó esa pelea, Dios estaba con él y pudo vencer al gigante. Saúl hizo que vistieran a David con sus ropas y él mismo le ciñó su espada. Saúl era alto y David no se distinguía por su tamaño. Al caer muerto Goliat, David no tiene espada para cortarle la cabeza, ya que ese era el acuerdo[22].

Goliat se burló de David, como al momento de nuestro discurso de apertura, se burlaron de nosotros. Hicimos una defensa, negando todos los hechos que la fiscalía sindicaba a nuestro cliente. David dijo: "Te vienes contra mí con espada y jabalí, más yo vengo contra ti en el nombre del Señor"[23]. Esa valentía, gallardía y valor único lo sentó en la silla del rey más adelante, fue esta actitud.

---

[22] 1 Samuel 17:32-51.
[23] 1 Samuel 17:45.

El relato bíblico cuenta que cuando David combatía contra Goliat, el rey Saúl preguntó a Abner, jefe de sus tropas, de quién era hijo ese joven, cosa a la que no pudo responderle Abner. Y que una vez, habiendo vuelto David victorioso. Abner lo llevó ante el rey. David era un desconocido, la pregunta de Saúl y su interés por aquel joven, fue cuando venció a Goliat. No se interesó antes, ¿acaso no sabía Saúl que David era hijo de Isaí?

Ni siquiera Samuel, cuando Dios lo envío a ungir al rey de Israel, pensó que era el elegido. Cuando habían pasado por su vista todos los hijos de Isaí, el profeta le preguntó "¿Son todos?". Isaí contestó "No, queda el que apacienta las ovejas". Samuel quedó sorprendido. El caso es que Dios le dijo en forma llana, "el hombre mira lo que está delante de sus ojos, pero yo miro el corazón".

Luego de herir a Francia y dejar el vehículo abandonado, Memin y Bacán se montaron en un taxi blanco, obligando al chofer a que los sacara del lugar. Luego de diez minutos del trayecto, se desmontaron del carro, dejaron el arma en el taxi que abordaron y se montaron en un autobús público.

La insistencia de la policía y la fiscalía para que Memin culpara al Gordo, era con el único interés de incluir en el caso de Francia a mi cliente, agravarle su situación y lograr una condena. Lo ocurrido con Francia fue el disparo provocado por Memin, en compañía de Bacán. Por eso en el juicio, la entrevista realizada a este no tuvo ningún valor probatorio, porque la misma además de ser ilegal, hizo que Memin se culpara, incriminara y de esta forma, con una declaración de un co-imputado, guardando prisión, sin otras pruebas directas que puedan sustentar el caso, no era suficiente para condenar al Gordo.

Decía un joven, llamado Raulis, quien desea menos violencia en los adultos, que se ven a diario los abusos de los policías con los ciudadanos. Muchas veces les quitan la vida, sin ninguna explicación. No piensan que dejan niños huérfanos, mujeres viudas, padres y madres en angustia y vecinos tristes.

La falta de educación, el hacinamiento, el desempleo, la diferencia abismal entre ricos y pobres, la descomposición social, la falta de valores, complementan la delincuencia.

Jóvenes que a diario se ven envueltos en todo tipo de delitos. Lejos de justificar su acción, mantengo que lo mal hecho no se debe permitir, y máxime si es violatorio de la ley. Pero estas situaciones inciden en los altos niveles de delincuencia, que se agiganta en países pobres, como el caso que tuvimos que defender. Así como el Gordo, todos los acusados son de familias muy pobres.

Sin embargo, otra forma de violencia son los atracos. A diario se suman más víctimas con este delito. Los atracadores aprovechan el menor descuido para despojarlos de prendas, dinero, objetos de valor, y si la persona reacciona, en ocasiones pierde su vida. Así le ocurrió a la señora Brujan, y por este hecho, sucedió más adelante la herida de bala de Francia.

Tanto Francia como el abogado acusador, vieron posteriormente en la política una forma de hacer algún aporte por su país y darle una perspectiva diferente al votante. El abogado hizo política buscando un cargo en el Congreso y perdió por muy poco margen. Se dijo que fue un candidato "sin recursos" en comparación con sus contrincantes. Se vio muy activo en redes sociales

Recuerdo las palabras de Máximo Gómez[24]: "No olvides nunca, hija mía, que la gratitud es el sentimiento más dulce, que

---

[24] Máximo Gómez Báez (1836 –1905) fue un militar dominicano que llegó a ser General en Jefe de las tropas revolucionarias cubanas en la Guerra del 95. Muchos cubanos, considerándolo compatriota de pleno derecho, expresaron su deseo de que fuera el primer presidente de la Isla al lograrse la República pero él se negó, diciendo que un extranjero no debía ocupar ese cargo.

conmueve el alma, que agrada a Dios, y que siempre ha procurado conservar en su corazón, tu padre que te ama". Ser agradecidos es lo que más necesitamos, en el derecho, la política y hasta en el arte y la ciencia en general.

Los hijos de mi cliente, su esposa, padres, amigos, vecinos y relacionados, observaban cómo este era una persona seria, amable, cariñosa. El Gordo era trabajador y muy familiar, no podían creer nunca que estuviera vinculado a un caso tan grave como ese. Además, realmente, no tenía la necesidad de cometer actos de delincuencia, porque viene de una familia unida, donde a todos se les han inculcado esos valores. Todo el que no lo conocía se sorprendió de mi defensa del Gordo, tanto dentro, como fuera del tribunal, pero es que nunca creí en que fuera un delincuente. Si me engañó, solo Dios y él lo saben, pero esas pruebas que le presentaron no eran suficientes para una condena.

Las campañas que se realizan en las redes sociales, pueden ser para bien o para mal. Decimos esto porque si bien con este caso se había logrado apresar a los culpables, también hay personas inocentes a las que se les hace un juicio mediático, por los medios de comunicación, diferentes plataformas y redes sociales. Recuerdo una vez que un hijo del Presidente de aquel entonces, fue acusado por el antiguo Gobernador en un programa de radio y en las redes sociales, de que estaba involucrado en el contrabando de arroz.

El Presidente hizo arrestar arbitrariamente a todo el que estuviera ligado a la denuncia, incluyendo los comunicadores del pueblo. Fueron apresados por el Ejército sin ninguna orden. Tanto el ex Gobernador como los periodistas fueron enviados a investigar, presos por un organismo de inteligencia, y fueron intimidados y retenidos sin ninguna explicación del arresto.

Pueden las diferentes redes sociales ayudar al acceso y aprovechamiento de la información de primera mano y de la noticia fresca, pero también trazan pautas para temas políticos, judiciales y de medio ambiente. De hecho, los usuarios que participan en redes sociales tienen una mayor posibilidad de transformarse en actores del conflicto. Definitivamente, pasan a ser juez, fiscal, policía, victimas, imputados, mientras otros desprovistos de capital social, pueden encontrarse excluidos.

Eddy era el abogado del Gordo, antes que yo. Excelente profesional del derecho, quien adquirió bastante experiencia siendo Defensor Público y luego en una prestigiosa firma de abogados. Le decían "El Duro" por su forma de resolver los casos, y quedaba bien con sus clientes.

Nunca supe las razones por las que Eddy no pudo continuar con la defensa de El Gordo, pero por lo que pude ver, desde que inició el caso, había hecho un excelente trabajo. De hecho, pudo conseguir la libertad con la Magistrada Alicia, considerada una de las juezas más transparentes y serias del sistema de justicia. En el principio del proceso, estuvieron en libertad todos menos Memin, al cual se le mantuvo la prisión preventiva impuesta por el juez durante un año.

Ser abogado y tener el don de exhortación van de la mano. De hecho, los romanos tomaron esta palabra griega y la tradujeron al latín literalmente, y de ahí proviene la palabra "abogado", como la persona que llamamos a nuestro lado cuando estamos en dificultad. Es esta vocación de aconsejar, ayudar, amonestar del buen modo, lo que nos hace mejores abogados. Por ello, es una profesión parecida al sacerdocio.

Eran frecuentes los insultos por las redes sociales contra mi cliente, le decían cuántos improperios se pueden inventar. Cada día que asistíamos a las audiencias, las preguntas del público por las redes sociales y presencialmente los periodistas impedían que pudiéramos concentrarnos en el caso, las cámaras y luces, por lógica simple llamaban nuestra atención.

Un video que se puso a circular por la Policía, por la Dirección de Tecnología, a cargo del General Pachano, a través de un CD de 700 MB de capacidad, contenía video y fotografías de los hechos. En ninguna estaba El Gordo, pero figuraban Memin y Bacán. En esas imágenes se visualizaba cuando habían dejado el vehículo de Francia, alejándose a pie. El analista forense, el Teniente Popoters, hizo un levantamiento y un recorrido por "todo el perímetro adyacente al lugar del hecho, en busca de cámaras de seguridad, consiguiendo fílmicas en varios lugares, por donde siguieron la ruta los malhechores y en el vehículo de la afectada. Luego, donde abandonaron el vehículo y continuaron a pie, conseguimos imágenes fílmicas, para luego ser analizadas en nuestro departamento por peritos especializados en el área".

Con mucha propiedad, Ralph Waldo Emerson[25] dice que, "Ningún cambio de circunstancias puede reparar un defecto del carácter". Ese carácter es el que nos hace ir más allá, investigar, preguntar y verificar cada pieza con un tercer ojo y utilizar más que una lupa, para ver por encima de las piezas y más allá de lo visible.

El acta de inspección de lugar y hallazgo de vehículo abandonado, fue firmada por el Teniente Botis. Eran las 04:30 del día 23 de diciembre del año 2012, cuando se presentó al lugar del hecho, reportando que "al llegar al lugar observó que allí se encontraba el vehículo de Francia", por lo que de inmediato llamó al Departamento

---

[25] Ralph Waldo Emerson (1803–1882) fue un escritor, filósofo y poeta estadounidense. Líder del movimiento del trascendentalismo a principios del siglo XIX, sus enseñanzas contribuyeron al desarrollo del movimiento del "Nuevo Pensamiento", a mediados del siglo XIX.

de Policía Científica para que realizara el levantamiento de lugar, protegiera la escena del crimen y procesara todos los datos de importancia para la investigación del caso.

El fiscal Edgar, para darle más fuerza al caso, solicitó una experta grafotécnica, que es la misma que la dactiloscopia, que determinan huellas, escrituras, firmas de documentos, imágenes, dibujos. Una de las bases de apoyo de la grafotécnica, es la química, la física y la fisiología humana. En este caso se utilizaron todas las tecnologías disponibles, el objetivo de esa pericia era determinar la identidad de las "huellas dactilares latentes, reveladas en el vehículo abandonado".

El documento fue firmado por un Capitán, Técnico en Dactiloscopia, indicando, mediante técnicas "macro y microcomparativas, que las huellas dactilares latentes reveladas de la puerta delantera del lado derecho del referido vehículo, coinciden en todos sus puntos característicos con la impresión dactilar del dedo anular, mano derecha y palmar derecha de Memin"

El allanamiento realizado por la fiscalía, donde se encontró en la casa de Memin la ropa que tenía al momento de la ocurrencia de los hechos, fue practicado el día primero de diciembre del año 2012, a las 03:35 am, mediante una orden autorizada por un juez. Al momento de realizarse el allanamiento, se encontraba en la casa la esposa de Memin, la señora Esther, quien firmó el acta, conjuntamente con el Fiscal y los agentes policiales actuantes en el hallazgo.

Luego de todas estas pruebas, Memin tuvo una actitud de valor, asumiendo los hechos con total propiedad y admitiendo su participación; sin embargo, quedó más que claro, ante todas estas pruebas, que no se pudo probar la intención de hacerle daño a Francia. En lo concerniente a estas pruebas, se presenta que fue un hecho totalmente fortuito y muy lamentable.

Todas esas pruebas eran ciertamente contundentes, pero no para mi cliente. En este caso, puse como prioridad sacar de mi mente todos los pensamientos negativos, y esto se convirtió en una práctica y en un ejercicio interesante conmigo mismo. Los pensamientos productivos y positivos, siempre estaban en mi mente. Varias veces me dije, "este caso es muy grave, van a condenar al Gordo", pero inmediatamente pensaba "voy a ganar este caso". Todo esto te crea un torbellino interior, todas las luces de las cámaras enfocándote y la prensa esperando para que des una declaración, y la presión de que lo que digas no afecte a la víctima y menos al cliente.

Este ejercicio de borrar los pensamientos negativos requiere de valentía, humildad, olvidarnos de nuestro ego, atender a las sugerencias, interpretarlas como críticas constructivas y siempre consultar, especialmente a las personas que tienen mayor experiencia, dentro de la familia.

Otro de los elementos que fueron utilizados en el proceso fue una Bitácora de fotografías de Memin, El Gordo, Nariz y Bululo. En las mismas supuestamente se muestra a cada uno de ellos, y en realidad no se visualizaban esas fotografías, según decía: "Fotografías 1 y 2, contentivas de imágenes, donde muestra a los imputados, escapando, luego de cometer el crimen, en que hirieron a la víctima, Ingeniera Francia, y al momento en que la despojan de su vehículo; muestra además imágenes de los imputados cuando dejaron abandonado el vehículo de la víctima".

El indicado informe, también señala al acusado Memin, con la ropa, armas, celulares y las llaves de los vehículos incautados. En las fotografías se mostraban el supuesto carro utilizado por los acusados.

La abogada de Memin era una Defensora Pública, muy preparada, con muy buenas habilidades técnicas, además de que conocía bastante bien el proceso. Refiriéndose al acta de reconocimiento de personas de la señora Brujan, cuando la señora decía que había reconocido a los acusados mediante fotografías, pudo identificar o "medio identificar", porque había dicho que tenía problemas visuales.

Por la situación del cambio de lugar de los imputados, no pudo hacer un señalamiento directo. Saber la salud visual de los testigos es más que importante para que la verdad salga a flote. Lo interesante de estar siempre litigando, en especial en la Defensa Pública, es el nivel de preparación de estos jóvenes abogados y los expedientes que manejan en todos los tipos penales, homicidios, violación, robos, etc.

Fue brillante la forma en que la abogada defendió su tesis, incluso haciendo la comparación del caso de O.J. Simpson, con relación a la contaminación de la escena del crimen y los vicios de cada una de las pruebas llevadas al tribunal.

El médico Legista de la Fiscalía, a solicitud del Fiscal, emitió un certificado médico legal, a nombre de la víctima, el cual decía: "Observamos en el lateral derecho, los huesos propios de la nariz, un orificio de entrada de bala, el cual produjo un estallido del globo ocular derecho, con ausencia del contenido del mismo consistente en córnea, iris, cristalino, úvea, vítreo y retina. Ese hecho deriva de lo ocurrido en la vía pública, donde recibió herida de arma de fuego por desconocidos. Actualmente presenta deformidad en órbita izquierda, con prótesis en base de dicha órbita, con aumento del diámetro de la misma, y áreas de córneas con tejido edematoso. Presenta pérdida total de visión".

Ante esta realidad de la pérdida de visión de Francia, el caso que llevó a ese hecho, es decir, el atraco a la señora Brujan, quedaba en un segundo plano. Lo que tenía que defender la abogada de Memin era complicado. A su cliente lo estaban acusando de un atraco a mano armada, y también de disparar contra Francia, en minutos un crimen grave, seguido de otro crimen, también grave.

VII

El triunfo de la Justicia

Es en las motivaciones de la primera sentencia, que condenó a Memin y descargó al Gordo, la jueza hizo alusión, brillantemente, a la siguiente anécdota:

Se dice que el Emperador romano Juliano y su fiscal Delfilio estaban discutiendo, cuando el fiscal dijo:

—¡Si basta con negar los hechos, no habrá ningún culpable!

A lo que el Emperador contestó:

—¡Si basta con acusar, no habrá ningún inocente!

Frente a lo cual el Fiscal Delfilio preguntó al Emperador:

—Entonces, ¿qué procede?

—Probar —respondió Juliano —, más allá de cualquier duda razonable.

En los Estados que tienen pena de muerte, una vez que son condenados, independientemente de la gravedad del delito que cometan, que por lo regular, son casos graves, como homicidio, violación, secuestro, nos retraemos a las épocas anteriores del ojo por ojo y diente por diente. Se hacían procedimientos como el de la silla eléctrica, inyecciones letales (que se utilizan hoy en día) y otros muchos, algunos más crueles que otros, sin importar si eran personas con problemas mentales, lógicamente inimputables. La pena de muerte ha demostrado ser ineficaz.

Todo el que está de acuerdo con la pena de muerte, si lo pensara dos veces antes de insistir en esta barbarie, se retractaría. Si se legislara que, en caso de demostrarse la inocencia de un ejecutado cuando ya la aplicación de la pena de muerte no tenga remedio, fuesen también ejecutados, aplicando la misma macabra lógica, el juez que dictó la sentencia, el fiscal que la solicitó, el verdugo que la provocó y por cómplices, los que con sus votos respaldan tan salvaje costumbres, se lo pensarían mejor.

La búsqueda de la verdad, para establecer los niveles de justicia deseados, para ser una mejor sociedad, no será suficiente dejando que el fiscal acuse, que la policía someta y que el juez deje a todos contentos. No, se supone que el juez debe valorar cada una de las pruebas. En este caso, aprendimos una lección de vida. Lo técnico, lo moral, lo científico, lo ético, la sensibilidad humana, y en especial, el resarcimiento de una sociedad que espera tener paz y justicia social, que pueda dar la misma respuesta a ricos y pobres, que sea independiente del Poder Ejecutivo, con máximas de experiencias, que al final, es la costumbre que contribuye a la formación de las leyes. Si la acusación es floja, como precisamente fue en este caso, claro que los resultados no serán favorables para la fiscalía, como al efecto no lo fue. Hay que probar, no en los medios de comunicación para crear casos mediáticos sino con una base de buena investigación si el deseo es realmente conseguir una buena condena, de lo contrario el resultado será fatal para los acusadores. Probar, más allá de toda duda razonable.

El caso ocurrió en una sociedad en vía de desarrollo. El desarrollo integral supera los aspectos estrictamente económicos y tiene en cuenta los valores humanos, culturales, sociales, morales y religiosos.

En los países de "nuevo mundo", los políticos manipulan los niveles económicos y de justicia. Han podido conseguir el desarrollo técnico y económico, pero les falta el florecimiento de los otros valores de la persona y de la sociedad.

Hay que convertirse en un antropólogo, ya que la antropología es la ciencia que estudia el origen del ser humano. Digo esto, porque con esta estrategia, si tomamos la antropología y la aplicamos, por ejemplo, a este caso, podremos sentirnos interesados sin emitir ningún juicio en la forma en que otras personas han escogido vivir y comportarse. De esta manera comprendemos mejor los problemas que nos plantean, incluso investigaciones complejas que podrían llevarnos horas de estudio, pero esto nos hace más pacientes. La observación de cada una de las partes, tanto en mi lado, es este caso mi defendido, como en cada paso de mis oponentes. La línea que define el interés de la arrogancia es muy fina. Tenemos que manejarnos: el fiscal y los abogados contrarios esperaban el mínimo fallo para destruirnos. Asume esa actitud del gato salvaje y escabúllete, de prisa y sin pausa.

El Dr. Jaime, Presidente de la Sociedad de Oftalmología, firmó un documento donde aclaraba, que recibió una llamada de su colega el Dr. Alfredo, notificando la presencia de una paciente femenina de unos 28 años de edad, que había recibido una herida de bala en la cara y estaba siendo atendida en la sala de cuidados intensivos y que requería de sus servicios de inmediato.

Luego del especialista evaluar todas las imágenes tomográficas, tridimensionales, junto al cirujano maxilofacial y el anestesiólogo, se decide su traslado al quirófano. Luego de dormirla con la correspondiente anestesia general, procedieron a la evaluación, exploración física y a contabilizar las lesiones que había en tejidos y órganos de la paciente. Admiro la paciencia y dedicación de los médicos, llevar a cabo el juramento hipocrático no es tarea fácil en medio de tanta presión.

Se integra el Dr. Mañón, quien conjuntamente con el Dr. Genao, evaluaron la situación y decidieron salir del quirófano, para procurar a los familiares de la paciente e informar la situación, según el protocolo correspondiente, dándoles estos el visto bueno para proceder. La Sociedad de Oftalmología y los médicos que firmaron el documento, autorizaron la difusión o la reproducción del informe, siempre y cuando se hiciera "apegado estrictamente a la veracidad y contenido del mismo". Tenemos un ejemplar que estaba dirigido al público en general, a todos los miembros de la referida institución médica y a los "medios de difusión que posee la Sociedad en el ciberespacio".

Fue a su padre a quien se le explicó con detalles la situación de salud visual de su hija, con las debidas recomendaciones y de cómo se debía proceder, de ahí en adelante se explicó a todos los medios de prensa la situación médica actual y la proyección a futuro.

Llega a mi mente un pensamiento del profesor Henri Capitant[26], de que "La intención criminal por sí sola no podría ser reprimida. Es preciso que se exteriorice por un hecho delictuoso". No es suficiente

---

[26] Henri Capitant (1865-1937), fue un jurista francés y destacado profesor de Derecho.

que la policía o la fiscalía analicen, o que el criminal piense. Si no se materializa, jamás será un hecho delictuoso. En efecto, en la mente de todos El Gordo era culpable, pero ni en las pruebas y menos en lo que depusieron en el juicio, resultó serlo.

Los casos como este, que son debatidos por la opinión pública, tienen un gran peso sobre los jueces. El periodismo y los temas cotidianos de la sociedad, como la racionalidad, son ingredientes; si bien cortaría el vuelo poético, profundiza en el concepto del verso y puede hacerlo mucho más significante y comprensible por mucho más número de lectores, o seguidores, en muchos de los casos marcados por los "influencers", destacados en las redes sociales, que han desplazado en parte el famoso periodismo de opinión. Era esta lucha la que estábamos enfrentando.

Los columnistas tienen la facultad de comentar las noticias, o hechos históricos, para enriquecer la interpretación general y particular que haya podido hacerse el lector sobre ese acontecimiento del presente o del pasado. Era notoria la cantidad de periodistas apostados en el Palacio de Justicia, para saber el desenlace del caso. Bajo agua, sol y sereno, aunque a veces agotados por las horas que parecían interminables, se mantenían siempre expectantes, esperando la noticia fresca del caso.

El debate queda mayormente pasado a segundo plano. Nadie hace caso a las ideas. Una opinión, un aporte, un punto de vista, una manera de enfocar diferente, que al lector, o al que escucha o ve la noticia, puede completarle o modificarle por dialéctica, el criterio que ya se había formado. Y es una vía de participar en la creación de las corrientes de exposición, debate y conclusiones que integran la opinión pública. Pero muchas veces esas informaciones estaban amañadas, notábamos como se tergiversaban las cosas, en especial con El Gordo, con un interés malvado de crear la imagen de que había participado en ese horrendo crimen.

Los abogados acusadores hablaban de una prueba que, aunque se ve sencilla, es una prueba vital del proceso, en las situaciones procesales. Esta prueba definitiva nunca llegó. Aplicando la lógica, una cosa es la fuente de la evidencia, y otra la prueba en sí. Hablando de la prueba ilícita, hay una norma penal que habla de esa pericia espuria, y si realmente fue obtenida conforme a la ley. Algo que lamentablemente ocurre del lado de la fiscalía y acusadores en general y que no escapa tampoco de la defensa de los imputados, que también utilizan esa práctica.

Una cosa es la prueba ilícita y otra la prueba irregular. En la primera hay violación de derechos fundamentales, mientras que con una prueba irregular habría ciertas situaciones. Tanto a la prueba ilícita como la irregular, se les denomina fuente independiente.

Las declaraciones de los investigadores policiales, encabezados por Zocoloco, eran importantes y deseaban que fueran valoradas. Sin embargo, ninguna era vinculante. Ahora bien, cuando se dice que a Bululo se le ocupó esa pistola, ahí sí había un elemento directo que realmente lo asociaba a la comisión del hecho, pero tampoco al grado que habla el Ministerio Público en su acusación.

Los investigadores del caso, especialmente el Capitán Zocoloco, intentaron buscar aunque fuera una persona que pudiera testificar contra el Gordo, pero no fue posible encontrar a nadie. La intención era que alguno de los acusados principales, como Memin o Bacán, lo acusara directamente. Sin embargo, aunque en la entrevista ilegal con el Diputado, se señaló a un "Gordo", obviamente no se trataba de mi cliente.

El Gordo me comentaba que siempre quiso hacer una defensa negativa, es decir, negando los hechos. En ese caso, teníamos varias opciones, entre ellas, hacer reservas de la defensa, con el fin de que en el transcurrir del juicio, viendo si las pruebas nos favorecían o no, admitir los hechos. Esto nunca lo vimos como una opción. Estaba convencido que esa acusación jamás podría destruir la presunción de inocencia de mi cliente.

Teníamos la defensa positiva como opción, por la cual, El Gordo tendría que admitir los hechos, con una calificación jurídica tan grave. Hay ocasiones en que es preferible que el acusado admita los hechos. Por ejemplo, si es un homicidio, alude que se trata de un homicidio involuntario, o excusa legal de la provocación. Ocurre que, en ese caso, ya la mentalidad de los jueces está supeditada a las declaraciones de admisión de este acusado. Se recomienda alegar, desde el discurso de apertura, diciendo: "Señoría, los hechos son totalmente contrarios a la teoría planteada en la carpeta fiscal".

En la mayoría de los países donde existe pena de muerte, no se ha resuelto la criminalidad, cuando apenas queda la posibilidad de rebajar la pena de muerte o detener la ejecución. Siempre los fiscales van buscando condenas máximas. Sentenciar por "gracia", que significaba el destierro para el ladrón, o también la venganza pública.

Hay derechos de las personas que cumplen condena, que deben estar garantizados conforme a normas relativas a los derechos humanos, y que deben ser tomados en cuenta para la reinserción en la sociedad. Entre ellos están el derecho al trabajo, a la instrucción o educación, al libre ejercicio de su religión, al deporte, recreación y cultura, al contacto con el mundo exterior, a la información y a la relación con su familia. Recordemos que los condenados o presos preventivos también son seres humanos, aunque hayan cometido errores. Tienen el derecho a enmendarlos y reinsertarse a la sociedad.

La intención de amigos y parientes poderosos podía, según fuera el caso, ayudar a que el resultado de su acción criminal no concluyera de manera letal. Cuando conmutaban la pena de muerte casi siempre era por cadena perpetua. Siempre, en la mayoría de las sociedades, salen a relucir errores judiciales, personas que fueron acusadas sin haber cometido los crímenes alegados por los acusadores. Lo único que salvaba a estos condenados a muerte era, en ocasiones, el privilegio eclesiástico de "cortar la cuerda" en el último momento del condenado a la pena capital, quitando de las manos del verdugo al delincuente. ¡Cuántos inocentes murieron por causas injustas!

De ninguna manera el aumento de penas reducirá la criminalidad. Sabemos que son factores sociales, éticos, morales, de educación y hasta religiosos. En el Occidente tendemos a invertir mucho dinero en cárceles, teniendo otras fortalezas que podemos ponderar para la disminución del crimen.

Otro de los graves problemas de las cárceles es la superpoblación. El juez no puede enviar a prisión a todo el que comete un delito, sin pensar que esa persona ingresada a un recinto carcelario por un delito económico, por ejemplo, podría cometer homicidio dentro del mismo penal.

Según los acusadores, otra de las pruebas independientes, era la prueba material, es decir, el arma de fuego, que mediante un acta de registro el policía explica las circunstancias en que fue obtenida.

Obviamente que era un elemento material de suma importancia, no podríamos jamás quitarle méritos. Del informe balístico, también nace una fuente independiente. Esa perito explicó en su informe que no sabía su procedencia, hasta hacer las comparaciones, y es ahí donde se involucra a Bululo con los hechos.

Sin embargo, Bululo fue descargado, con todo y estos elementos de prueba, en el primer juicio, pero con el voto disidente de la juez que presidía en tribunal, que nunca estuvo de acuerdo con el fallo de sus pares, alegando que existían suficientes medios de pruebas para atribuirle responsabilidad penal, ya que en el caso no hubo varios disparos, sino uno que le fue inferido a la víctima.

Según la juzgadora, utilizando máximas de experiencia, conocimiento científico y lógica, había un solo casquillo y un solo disparo que afectó a la víctima, tal como lo establecen los informes médicos en cuestión. Los resultados de ese peritaje, tal como reconoció el voto mayoritario, no dejan lugar a duda que, luego de haber hecho las comparaciones de lugar, las estrías de ese proyectil coincidían con las estrías del disparo realizado con el arma ocupada.

Según el voto mayoritario, la participación de Bululo en los hechos no fue como coautor, sino como cómplice, ya que el arma que se estableció impactó a la víctima, siendo esto lo que motivó al descargo de Bululo en el primer juicio. Además de la coartada del acusado, incorporando a Elizabeth como testigo, alegaba que Bululo se encontraba jugando dominó al momento de los hechos. Definitivamente, no pudo ser convincente. Al contrario, fue incoherente y contradictoria por lo que no logró reforzar la credibilidad de los hechos de la acusación contra este.

Claro que la participación de Bululo, según la jueza disidente, era como cómplice, ya que estaba claro que solamente tenía el arma, ya que la persona que disparó fue Memin. Sin embargo, la jueza entendía, más allá de toda duda razonable, que Bululo estaba involucrado.

La mayoría de los eventos que ocurrieron en este caso, no estaban el Acta de audiencia, ni en la carpeta fiscal ni en las pruebas policiales. Fue que con el tiempo que fui recordando los eventos, aunque de una manera desorganizada. El Gordo me preguntó por qué anotaba todo. Le dije, con firmeza:

—Voy a publicar esta historia.

Evaluando cada una de las pruebas, el juez tiene la oportunidad de desarrollar su capacidad, aplicando y utilizando la sana crítica y mucha lógica, en un acto trascendental del proceso, dado que el resultado que se obtenga dependerá de la suerte del juicio, que tanto se puede reducir en la condena o de la absolución del acusado.

El juzgador deberá pensar en las leyes lógicas del pensamiento, una conclusión que pueda señalarse como secuencia razonada y normal de la correspondencia de la prueba producida y los hechos motivos de análisis en el momento final de la deliberación.

Ese resultado de la deliberación del juez William era lógico: con las pruebas directas que acusaban a Memin, era poco probable que se salvara, al igual que Bacán. De hecho, estábamos sorprendidos de que pudo salir en libertad en el primer juicio. Entones quedaba Bululo, que llegó a este juicio final en libertad por el voto mayoritario, y con una motivación del voto salvado de un juez, explicando las razones que entendía por qué debió ser condenado.

Antes de que el juez William se fuera a deliberar, El Gordo me preguntó bajito:

—¿Qué tú crees?

—Honestamente, estoy seguro de que a ti te van a descargar —le respondí con toda seguridad —, pero viene una sentencia para la mayoría de los acusados.

El juez debe considerarse como un constructor de la sociedad, así como el arquitecto. Debe interpretar qué piensa el pueblo, el arrastre social de su decisión, el resarcimiento de la víctima y la sociedad y dar un ejemplo con la decisión.

Estaba convencido, al igual que El Gordo, de que la decisión, la ponderación y el resultado, no venía con tecnicismos baratos, basados en normas jurídicas solamente, sino que la sociedad y la opinión pública, estarían satisfechos con la sentencia. Todo esto fue posible por la disciplina. Estoy convencido que la disciplina vence la inteligencia. Tuvimos un trabajo arduo y eficaz para obtener resultados favorables. El adagio de que "varias telarañas unidas pueden vencer a un león", es válido, pero es necesaria una voluntad de hierro.

Todo esto requiere autodominio, templanza, condiciones esenciales cuando la vida nos pone a prueba. La falta de fuerza

de voluntad se convierte en una enfermedad que se somatiza, con resultados contrarios a los que obtuvimos en este caso
millonario.

Quedaban entonces El Gordo y Nariz, a
quienes la fiscalía había sindicado hechos
que no fueron probados, y nada de la acusación se pudo probar de ninguna manera. El testimonio de Francia fue contundente contra Memin y Bacán, especialmente porque aunque no se presentó un
retrato hablado como prueba, estaba
claro, por las informaciones dadas por la
víctima y las evidencias, que eran culpables. La sentencia tuvo como resultado un
final catastrófico para Bululo, al que le
dieron 20 años. Recuerdo sus palabras.
Estaba al lado mío cuando dijo, abru-
mado: "sin yo saber nada de esto". Fue un
momento muy difícil.

El resultado fue inesperado, pues, para
Bululo, no así para Bacán, con 20 años, y
30 años para Memin. Como era justo y co-

rrecto, Nariz y el Gordo salieron descargados, pudiendo irse para casa desde el salón de audiencia. La vida les dio la oportunidad a esos dos, inocentes y víctimas ellos mismos de una acusación sin base, de no volver jamás a tener problemas con la justicia.

Las palabras del Gordo a la prensa fueron sencillas:

—Gracias a Dios y a mi abogado estrella se hizo justicia. Siempre lo dije: soy inocente.

Estaba convencido de su libertad y de su inocencia.

Logramos hacer que la Justicia prevaleciera en el caso millonario, el Caso Francia Ugarte. Fue uno de los días más felices de mi vida. Ganamos, sí.